Das ultimative Gutelaunebuch

Peter Jentsch

Das ultimative Gutelaunebuch

Spannend lustige Geschichten und
herzerwärmende Lyrik sind
Balsam für Herz, Seele und Zwerchfell
–
Ein Buch, das man nicht nur einmal liest …

Bibliografische Information der Deutschen Nationalbibliothek:
Die Deutsche Nationalbibliothek verzeichnet diese Publikation in der Deutschen Nationalbibliografie; detaillierte bibliografische Daten sind im Internet über http://dnb.dnb.de abrufbar.

© 2015 Peter Jentsch

Titelbild und Covergestaltung: Peter Jentsch
Illustration: Peter Jentsch

Herstellung und Verlag:
BoD - Books on Demand, Norderstedt

ISBN 978-3-7386-3132-6

Inhalt

Vorwort

Bisher ist mir ein wundervolles und erfülltes Leben gegönnt und ich bin überaus dankbar dafür. Durch berufliche Zwänge und durch meine private Reiselust durfte ich zahlreiche interessante Menschen treffen und die Schönheit dieser wunderbaren Welt genießen lernen. Jetzt, da ich mein Berufsleben abgeschlossen habe und mich „schöngeistigen" Hobbys widmen kann, genieße ich täglich wundervolle Eindrücke aus meiner Erinnerung - viele vor allem morgens, nach dem Erwachen.

Während ich in meinen Gedichten hauptsächlich versuche, Empfindungen zu beschreiben, basieren die erzählten Geschichten in der Regel auf realen Erlebnissen.

Ich kann über niemanden herzlicher lachen als über mich selbst und frage mich oft, warum mir häufig diese kleinen Missgeschicke und Missverständnisse widerfahren und warum ich oft am Schlamassel anderer teilhabe. Allerdings sind diese Ereignisse auch überaus unterhaltsam und es macht mir Vergnügen, zu beschreiben, was dabei in mir vorging. Ein wenig Sarkasmus lässt sich dabei natürlich nicht vermeiden.

Dieses Buch enthält das Beste aus meinen früheren Büchern *Aufwachgedanken* und *Warum immer ich?* (beide sind im Handel nicht mehr verfügbar), sowie viele neue Geschichten und Gedichte.

Der Inhalt ist nach den Jahreszeiten geordnet, in welchen ich mich an sie erinnert/sie empfunden habe oder in welchen sie geschehen sind und so wiedergegeben, wie ich sie damals aufgeschrieben habe, weil jede dieser Momentaufnahmen des Erlebensaugenblickes über ihre eigene Dramatik und Poesie verfügt.

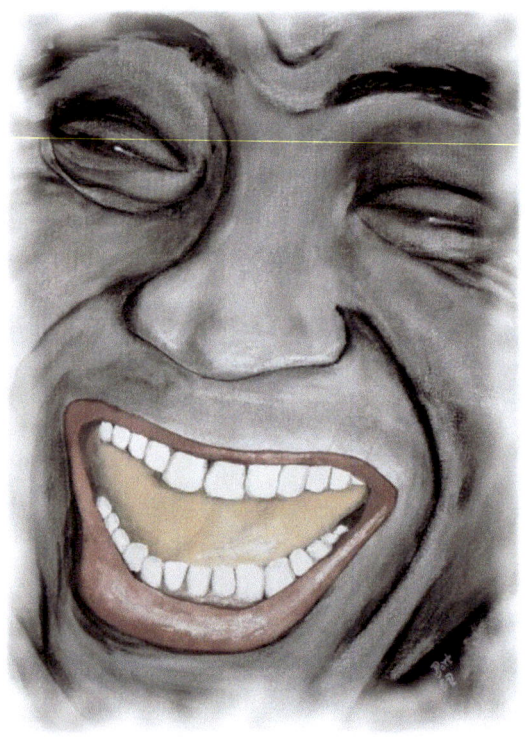

Willkommen in meiner Welt

Ich brauche Menschen um mich herum,
die Gefühle zeigen können,
deren Leidenschaft man spüren kann ...
keine Zombies!
Hört auf „cool" sein zu wollen ...
seid Menschen!
Weint und lacht, liebt und lebt
jeden Augenblick eures Daseins,
denn er ist im nächsten Moment Vergangenheit
... und unwiederbringlich ...

Ein neuer Tag

In die Dunkelheit dringt sanftes Rauschen.
Der Ozean …
Augenblicklich ist Wärme in meinem Herzen.
Wunderbar reine Empfindungen
umhüllen die Seele
und vereinen sich hinter geschlossenen Lidern
zu warmfarbigen Schatten.

In das abklingende Meeresrauschen
mischt sich Musik
und Otis Reddings bluesig soulige Stimme.
"Sittin' in the morning sun …
I'll be sittin' when the evening come,
watching the ships roll in
and I'll watch 'em roll away again …"

Die Schatten werden Bilder.
Oranges Firmament,
Wellen, türkis bis dunkelblau,
weiße und rostfarbene Segel …
"… sittin' on the dock of the bay,
watching the tide roll away …"
Terrakottafarbene und braune Felsen,
Sand wie Goldstaub …
"… sittin' on the dock of the bay,
wasting time …"

Ich schwebe in wohliger Wärme,
unendlich glücklich …

Eine Träne aus meinem Augenwinkel
rinnt zum Ohr …
heiß, dann kühler werdend,
verursacht sie schließlich einen wohligen Schauer.
Oh Gott! Lass diesen Moment ewig dauern!
Der Song klingt aus und die Moderatorin
im Radio verkündet sachlich Nachrichten.
Nur schwerlich kann ich ein Schluchzen unterdrücken.
Irgendetwas trägt die Stimme aus dem Radio
in weite Ferne.
Die Bilder werden wieder deutlicher,
unendliches Wohlgefühl.

Das schrille Piepen des Funkweckers katapultiert
mich endgültig in die Realität.

Nun sitze ich, mit noch immer wohligem Befinden an meinem Schreibtisch, in tiefer Demut vor der
Schönheit dieser Welt und intensiver Dankbarkeit
für dieses wunderbare Geschenk, diesen neuen Tag.

Ich möchte täglich so erwachen ….

Hallo, neues Jahr!

Das Firmament strahlt hell,
da du geboren!

Freudenhimmel über Köln!

Was hast du mit zur Welt gebracht?

Nächstenliebe, hoffe ich
und Toleranz!?

Den Willen,
in Frieden leben zu wollen,
für *alle* Menschen!?

Respekt vor der Schöpfung!?

Ich zähl' auf Dich, 2015!

Willkommen in meinem Leben

Hallo, neuer Morgen!
Ich will dich begehen,
mit freudigem Erwarten.

Hab' Dank, Gott,
für das Leben,
das ich führen darf,
für die Liebe,
die ich empfinden darf
und für die Liebe,
die ich erfahren darf.

Seid willkommen,
all ihr schönen Gedanken und Gefühle.
Sei willkommen, Leben,
in meinem Glück.

Du liegst an meiner Seite,
die Welt gehört mir ….

Appell an den Tag

Sei begrüßt, Gevatter Tag!
Alt und grau erscheinst du,
da du dem dunklen Lager entstiegen.

Tränenfeucht dein Firmament,
dieweil der Alp dir wies im Traum
von Not und Leid unter den Menschen.

So öffne deine blauen Augen
und zeig' dein helles Licht,
das warm kann wandeln Angst in Mut.

Schau', ich bin glücklich und zufrieden.
Nimm davon und bring' es in die Welt!
Gib jenen, die leiden, von meinem Wohlbefinden,
gib den Schwermütigen von meinem Frohsinn,
den Verzagten von meinem Lebenswillen
und den Rastlosen von meiner Zufriedenheit

Lass uns Frieden senden,
Freude und Lust am Leben.

In jeder Zeit

So ich gehen müsste von diesem Ort
ohne Dich,
sei gewiss, dass ich wartete
auf Dich,
in jeder Zeit, in allem Raum.

So ich bliebe,
da Du gehen müsstest vor mir,
sei gewiss, dass ich Dich suchte
in jeder Zeit, in allem Raum.

Wenn die Welt verglühte
in apokalyptischem Feuer
und der Lohen Helle uns erblinden ließe,
ich fühlte mich wohl,
so Du bei mir wärst.

Wenn Dunkelheit uns lähmte
und alles Leben erfröre
in ewiger Kälte,
mein Herz wäre warm
so Du an meiner Seite wärst,

in jeder Zeit in allem Raum.

...

Schuldfrage

Unglaublich! Ab 6:00 randalierten die Wecker … gegen 7:00 erst war ich mental bereit, den Morgen zu tolerieren (nicht zu akzeptieren!) … das Aufstehen selbst fühlte sich etwa an, als müsste ich mich aus warmem, flüssigem Beton befreien. Das Außenthermometer zeigte 8° Celsius … an einem Februarmorgen um sieben!

Als ich meine geliebten Kissen wehmütig aber endgültig verlassen hatte und mit unsicheren Schritten die Tür zur Drainagekammer ansteuerte, hatte ich das Gefühl, ich schwankte und mein Kopf schwebte in einem riesigen Wattebausch … damit wir uns recht verstehen: Ich habe gestern nichts getrunken!

Während ich dann in der Küche die Frühstückbrötchen vorbereitete, hantierte mein kleiner Sonnenschein hinter meinem Rücken an der Espressomaschine. Irgendwann drehten wir uns gleichzeitig um und stießen frontal zusammen. Das hätte eigentlich sehr angenehm sein können (wir waren ja nur spärlich bekleidet), da sie jedoch zwei gefüllte Kaffeetassen in Händen hielt und ich zwei kleine Teller mit Marmelade bestrichenen Brötchenhälften, haben wir uns gegenseitig ziemlich eingesaut! Ihr kleiner spitzer Aufschrei weckte mich endgültig und natürlich war ich Schuld: „Warum bist Du denn so hektisch!?"

Ihr zu erklären, dass ich mich genau wie sie einfach nur umgedreht und sie, genau wie ich, ihre Motorik auch noch nicht im Griff hatte, war mir erstens zu umständlich und wäre zweitens sicherlich auch auf Unverständnis gestoßen (Frauen würden ihre Mitschuld niemals eingestehen, schon gar nicht frühmorgens). Also machte ich es kurz: „'Tschuldigung", was mir einen patschenden Klaps auf den Po einbrachte, der mich dann allerdings sehr freundlich stimmte…

Voller Mond

Das Warten hat sich doch gelohnt,
ich schaue ihn, den vollen Mond!
Hell strahlt die fahle Säufersonne
auf Nachbars alte Biotonne,
deren Deckel leise rattert,
weil drauf ein Rattenpärchen knattert.
Das lässt sich dann nur ungern stören,
doch kann's von weitem nahen hören,
Ritas werwolfgleichen Hund,
der, wie meist zu dieser Stund,
dünkelhaft und ohne Takt,
'n' Everest in' Garten kackt.

Dein Gesicht

Von deines Antlitz' sanften Augen,
braun-gelb, grün und blau,
kann den Blick ich nicht wenden.
Das Gesicht dahinter
Sein und Freude strahlt,
wie reinstes Gold.
Du, dahinter, bist meine Sonne.

An deines Antlitz' reifen Wangen,
zart und lieblich,
will ich die meinen ewig schmiegen.
Das Gesicht dahinter
Anmut und Herzenswärme offenbart,
rein und edel.
Du, dahinter, bist mein Wohlgefühl.

Von deines Antlitz' sinnenfreud'gen Lippen,
voller Leben,
möcht ich ewig kosten.
Das Gesicht dahinter
ist Innigkeit und Hingabe,
vertraut und mystisch schön.
Du, dahinter, bist meine Liebe.

...

Herzen

Vor langer Zeit gab ich Dir mein Herz.
Du hülltest es liebevoll in Deine Seele
und hütest es noch immer …
Du gabst mir Deines und ich behüte es
mit meinem Leben …

Siehste …

Heute fiel mir das Erwachen aber wirklich schwer. Mein Funkwecker war regelrecht heiser, als ich ihn endlich abstellte und die Weckradios nahm ich erst einmal gar nicht richtig wahr … bis sie einen Song spielten, den ich schon ewig nicht mehr gehört hatte: „No Mo Do Yakomo" von Dr. Feelgood. Das Ding zieht mir von je her sofort in die Hüften und der Drang, mich frei bewegen zu wollen, warf mich schließlich aus dem Miefbeutel. Automatisch nahm mein Gang den Rhythmus dieser Musik auf und ich fühlte mich zunehmend locker und innerlich warm und als ich meine nackte Haut mit dem der Hälfte des Kaffeetasseninhaltes bekleckerte, auch äußerlich…

Ich zog mir gerade den Bademantel über, als der Song in „Walk Of Life" von den Dire Straits überblendete … nun hatte ich endgültig Urlaubsfeeling. Meine Kleine betrachtete mich misstrauisch und äußerte ein wenig besorgt: „Sei nicht so ausgelassen, Du weißt, Dir passiert dann immer etwas!" … sprach's und als sie sich gerade umgewandt hatte, um ins Bad zu gehen, trat ich mit den nackten Zehen meines linken Fußes gegen das Bein unseres schweren Esszimmertisches …

Da sie sich im Gehen wieder zu mir drehte, wohl um herauszufinden, woher das Geräusch gekommen war, hatte ich mich schnell abgewandt, um meine tränengefüllten Augen zu verbergen … wahrscheinlich hat mich meine gepresst klingende Atmung verraten! Sie bemerkte „Siehste!" und setzte ihren Weg ins Bad fort. Ich humpelte in die Küche, schloss die Tür und brüllte in ein Handtuch, das ich mir vors Gesicht hielt … dann ließ der Schmerz ganz langsam nach ….

Nun sitze ich hier und lächle über meine leuchtend geschminkte Nachbarin, die in ihrem viel zu kleinen Bademantel wieder auf dem Balkon schräg gegenüber ihre Frühstückszigarette raucht. Der Blick aufs Außenthermometer sagt mir, dass ihr leichtes Zittern heute wohl eher keine Erregung ausdrückt … minus ein Grad Celsius in Köln…

… auch Liebe altert …
meist jedoch nur äußerlich …

Freiheit

Auch wenn ich's bisher nicht wahrhaben wollte: Ich werde alt und vergesslich!

Es ist eine tolle Sache, in einer Wohnanlage zu leben, die über Schwimmbad, Sauna usw. verfügt. Jeden Montag, Mittwoch und Freitag suche ich um die Mittagszeit das Schwimmbad heim, um 1000m zu kraulen ... man muss 'was tun, wenn man auch im Alter einigermaßen fit bleiben will ...

Meist ist das Becken dann leer, ab und zu findet sich aber auch ein Mitschwimmer ein. Als ich heute nach dem Duschen das Schwimmbad betrat, schwammen bereits zwei ältere (damit meine ich älter als ich!) Nachbarinnen im Becken und grüßten freundlich zurück, als ich einen guten Tag entbot.

Wie gewohnt zog ich meinen Bademantel aus und hängte ihn mit dem Handtuch und dem Beutel mit Waschutensilien an die dafür vorgesehen Haken an der Wand, setzte meine Schwimmbrille auf und lief zur Leiter, um ins Becken zu steigen.

Als ich durch die ein wenig verzerrende Schwimmbrille in die nun großäugigen Gesichter der beiden „Elder Ladys" schaute, schien es, dass ihrer beider Mimik zwischen Ratlosigkeit und Anflügen von Panik wechselten. Da meine kraftvolle Schwimmweise oft Wellen verursacht, die anderen das Atmen beim Schwimmen erschweren, erklärte ich den Beiden, dass ich sicher sehr vorsichtig Schwimmen werde um sie nicht zu behindern.

Es war dieses Gefühl von unendlicher Freiheit im Wasser, das ich eigentlich nur von meinen Aufenthalten auf Formentera und an der Deutschen Küste her kenne, das mir diesen Schweißausbruch im Wasser bescherte und mich wie ein Jet Ski das Becken durchqueren und verlassen ließ … um mir die Badehose anzuziehen! Ich hatte es einfach vergessen!

Vieles offenbart sich uns nur dann, wenn es in besonderem Licht erscheint und wir es aus dem richtigen Blickwinkel betrachten können …

Im Frühjahr

Der Junge Hausmeister

Kalt ist's heute Morgen, minus 3 Grad Celsius ... aber die Sonne scheint hell und klar und „macht Lust auf den Tag" ... allerdings erzeugt das auch Stress: Was werde ich heute tun? Malen, schreiben oder rausgehen, um zu sehen, ob ich etwas finde, das sich zu fotografieren oder zu filmen lohnt?

Auch meine grell geschminkte Nachbarin, die, wie jeden Morgen, im viel zu kleinen Bademantel auf dem Balkon schräg gegenüber ihre Frühstückszigarette raucht, scheint heute unentschlossen: Nachdem sie auf den Balkon geschwebt war, und sich die erste Fluppe zwischen die knallroten Lippen geklemmt hatte, musste sie wohl festgestellt haben, dass es heute Morgen unerwartet kühl war. Also legte sie die Zigarette beiseite, ohne sie angezündet zu haben und trollte sich wieder in ihre Wohnung. Als sie den Balkon erneut betrat, hatte sie einen breiten Schal angelegt, der ihren Hals und den größten Teil ihres beeindruckenden Dekolletés bedeckte.

Hoch erhobenen Hauptes entzündete sie ihre Zigarette und bemerkte im selben Augenblick den jungen Hausmeister, der gerade begann, den Gehweg unter ihrem Balkon zu fegen. Eilig drapierte sie den Schal nun höher um ihren Hals, sodass mehr vom Dekolleté zu sehen war (wesentlich mehr!), beugte dann mit Bedacht ihren Oberkörper, stützte sich mit den Ellbogen auf die Balkonbrüstung, legte ihre D-Size-Boobs so auf den Unterarmen ab, dass sie prall und rund erschienen, und säuselte dann mit dem akustischen Charme einer Vuvuzela „Moggään!" in die frühe Stunde.

Der junge Hausmeister musste gerade tief in sanftere Gedanken versunken gewesen sein, denn er erschrak sichtlich. Als er dann die jagdlustigen Augen der Schallquelle ausgemacht hatte, meinte ich für einen Monat lang deutlich Panik in seinen Augen gesehen zu haben ... war er vorher nur zusammengezuckt, griff er nun mit beiden Händen nach dem Besenstiel, der ihm fast entglitten war. Seine Augen wurden nun groß und rund und sie bekamen zunächst einen flehenden, dann aber eher ärgerlichen Ausdruck, als ich durch mein gekipptes Fenster seine heisere Stimme vernahm: „Wenn et esu weit is, will isch sterve wie ne Mann un nit vun dir in die Groov jebrüllt wääde ..." (Übersetzung: Wenn es dann so weit ist, will ich sterben wie ein Mann und nicht von dir in die Grube gebrüllt werden ...) und fügte hinzu, während er sich wieder seiner Aufgabe widmete: „Mann, Mann, Mann ... ich han Famillisch!" (... ich hab Familie).

Das Antlitz meiner grell geschminkten Nachbarin verriet nun Unsicherheit, und sie wandte sich mit unechtem Lächeln dem Aschenbecher zu, um ihre

Zigarette darin auszudrücken. Vielleicht war sie unkonzentriert, weil sie noch über das gerade Geschehene nachdachte.

Ihr Zusammenzucken und das Aufstampfen mit dem rechten Bein sowie die Art, wie sie ihre Hand schüttelte, ließen vermuten, dass sie sich die Fingerkuppe verbrannt hatte ... was ihr ampelroter Mund lautlos formte, deutete ich als wütendes „Fuck!". Als sie, selbstmitleidig ihren Finger betrachtend, in ihre Wohnung verschwand, fragte ich mich erneut, was für ein Karma Menschen haben müssen, die durch ihre Präsenz, immer wieder zur Erheiterung anderer beitragen ... und inwieweit es mein Karma verschlechtert, wenn ich immer wieder über diese „tragische Person" lachen muss?

Schönheit ist eine subjektive Wahrnehmung und als solche in ihrer Intensität meist davon abhängig, wie sehr sich "das Schöne" vermeintlich von seiner Umgebung abhebt ...

Toleranz

Unvorhersehbare Ereignisse haben mich und mein Auto den heutigen Morgen in der Werkstatt verbringen lassen. Die Wartelounge ist dort allerdings sehr komfortabel: Man kann frühstücken, die neuesten Zeitschriften lesen, fernsehen ... und nette Menschen kennenlernen.

Das in Streetwear gekleidete, mit zwei dicken Goldketten behängte und recht finster dreinblickende männliche Wesen, das mit an meinem Tisch saß, war allerdings eher der Typ „Ey fahr isch korrekte 3er BMW, tiefergeluscht, weissu!".

Ich hatte mir einen Espresso aus dem Automaten gezapft und wieder Platz genommen, nahm das mitgebrachte Zuckertütchen am einen Ende und begann den Zucker nach unten zu schütteln, um das Papier am oberen Ende aufreißen zu können.

Was ich nicht bemerkt hatte: Jemand hatte das Tütchen am anderen Ende bereits ein Stück weit aufgerissen, wohl um eine Teilmenge des Zuckers entnehmen zu können ...

Nun wirken weiße Zuckerkristalle in dichtem, schwarz gelocktem Haar zwar durchaus dekorativ ... trotzdem hatte ich für Sekundenbruchteile eine Vision, in welcher mich der südländische BMW-Fan mit seinen Ölaugen durchbohrte und aus seinen Lippen guttural herüberklang: „Ey bissu bescheuert

Alda? Überlesch dir, wie du sterben willst ..."

Der junge Mann jedoch schüttelte lachend seinen Kopf, fing einige Zuckerkristalle mit der Hand auf, um sie zu betrachten und bemerkte dann süffisant lächelnd: „Wenn ich damit jetzt meine Tochter aus dem Kindergarten hole und die das sehen, wird der erst mal für zwei Wochen geschlossen ..."

Die Kunst gut zu leben

besteht auch darin, all jene Erfahrung, mit der das Schicksal unseren Alltag füllt, zu bewahren und sich die Lehren daraus zunutze zu machen ... denn sie sind das Elixier, das sich Weisheit nennt und uns vor Unbill schützen kann.

Verdammt nicht die Wut,
denn sie ist die Blüte des Zorns
und jener nährt das Genie ...

The 3 From The Petrol Station

Ende Februar 1996 hatte unser Dienstherr zwei Kameraden und mich zu einem Symposium nach Orlando in Florida/USA gesandt. Um auch privat etwas von dieser Reise profitieren zu können, hatten wir beschlossen, dem Symposium ein paar Tage Urlaub vorzuschalten, um uns ein wenig in Florida umzuschauen.

Einer der beiden Kollegen hatte den Sunshine State schon einige Male besucht. So trafen wir uns bei ihm, um die Route festzulegen, die wir dann in einem Mietwagen abfahren wollten: Nach der Landung in Orlando nach Cocoa, dort übernachten, am nächsten Tag das Cape Kennedy Space Center besuchen, dann die Ostküste entlang bis Miami, danach weiter in die Everglades. Anschließend über die Keys bis Key West und dann an der Westküste Floridas zurück nach Orlando.

Wir landeten etwa um 19:00 Uhr Ortszeit in Orlando, nahmen den schon in Deutschland gebuchten Leihwagen in Empfang und machten uns auf den Weg nach Cocoa, um dort ein Motel zum Übernachten zu finden. Aber, wie das ebenso ist: Manchmal kommt alles anders…

Wir fanden kein Hotel oder Motel, das noch ein Zimmer frei hatte. Also fuhren wir immer weiter nach Süden. Jedoch, soweit wir auch fuhren und wo wir auch fragten: Keine Übernachtungsmöglichkeit - alles war ausgebucht! Wir hatten nicht gewusst, dass am nächsten Tag in Cape Kennedy ein Shuttle Start bevorstand und darüber hinaus der Spring Break begonnen hatte...

In den frühen Morgenstunden hatten wir dann die nördlichen Vororte Miamis erreicht. Nun war keiner von uns mehr in der Lage, weiter Auto zu fahren, wir hatten ja auch schon den langen Flug hinter uns. Am nächsten Motel, das wir anfuhren, leuchtete wie erwartet schon das rote Signal, das weithin ankündigte, dass es keine vakanten Zimmer mehr gab. Als wir trotzdem persönlich nachfragten, erlaubte uns der gutherzige Rezeptionist, auf dem Motelparkplatz direkt vor der Empfangshalle in unserem Auto zu übernachten. Am Tag zuvor seien in der Nähe Urlauber überfallen worden (in Miami kam das zu dieser Zeit öfter vor) und auf diesem Parkplatz könne er ein Auge auf uns haben …

Meine beiden Kollegen kippten die Rückenlehnen der beiden Frontsitze in Liegestellung und ich machte es mir auf der Rückbank unseres Fords bequem. Mir war es mittlerweile absolut wurscht, ob wir überfallen würden; ich war viel zu erschöpft, um mir Sorgen zu machen.

Ich erwachte nassgeschwitzt, als es durch die kondenswassernassen Scheiben bereits dämmerte, und schaute in zwei wässrig blaue Augen, in denen sich die Parkplatzbeleuchtung spiegelte und die mich aus tiefen dunklen Höhlen anstarrten. Augenblicklich liefen alle amerikanischen Horrorfilme in meinem Kopfkino gleichzeitig ab und ich hätte um ein Haar vor Schreck in die Hose gemacht ... erkannte dann aber rechtzeitig, dass es die Augen meines floridaerfahrenen Kameraden waren, dessen Kopf nahe dem meinen lag und der sich aus Angst vor einem Überfall nicht getraut hatte, einzuschlafen.

Schwer atmend und mit bis zum Hals klopfendem Herzen, verließ ich nach meinen Kollegen das Auto. Die Hoffnung, dass frische Luft uns und den Innenraum unseres Autos ein wenig trocknen würde, verdampfte im feuchtwarmen Morgengrauen. Also fuhren wir weiter (der die Nacht über wachende Kollege war auf der Stelle eingeschlafen), bis wir einen Truck Stop fanden, an dem wir frühstücken und duschen konnten. Dann machten wir uns wieder auf die Suche nach Hotel- oder Motelzimmern ... vergeblich ...

Wir beschlossen, in die Everglades zu fahren, in der Hoffnung, die abgelegenen kleineren Orte hätten vielleicht noch Vakanzen. Beim Betrachten der Karte fielen unsere Augen auf einen Ort namens Homestead, wo es einen großen Militärstützpunkt gab. Als Soldat eines NATO-Staates gab es die Möglichkeit, bei amerikanischen Streitkräften in sogenannten BOQs (Bachelor Officer Quarters, so eine Art Militärhotel) unterzukommen.

Die Freude darüber, dort zumindest für eine Nacht einchecken zu können (ab dem nächsten Tag stand ein Veteranentreffen an, und alle Zimmer waren bereits reserviert), war unbeschreiblich und wir verbrachten den restlichen Tag damit, „die Glades" mit dem Auto und mit Airboat-Touren zu erkunden. Beeindruckt von der Sumpflandschaft und ihren Bewohnern und geschlaucht von der anstrengenden Unterkunftssuche, trollten wir uns nach dem Abendsteak und einem gemeinsamen Pitcher Bier bereits gegen 20 Uhr auf unsere Zimmer und glitten augenblicklich ins Nirwana.

Nach dem Auschecken am nächsten Morgen war man uns bei der weiteren Zimmersuche behilflich: Man drückte uns ein Branchenbuch in die Hand und stellte uns jedem ein Telefon zur Verfügung. Nach etwa 20 Minuten landeten wir einen Treffer! Im Falcon Inn, einem Motel am Rand der Everglades, nicht weit von Miami, gab es tatsächlich noch drei freie Zimmer!

Diese Unterkunft entsprach unseren Erwartungen, die wir angesichts des bisher Erlebten nicht all zu hoch angesetzt hatten. Abgesehen von sporadischem Rascheln in den dunkleren Zimmerecken und dem fast taubengroßen Falter an der Gardine, war meine Unterkunft erträglich: Betten und sanitäre Anlagen waren sauber, und nach Angaben der ziemlich zugekifften „Empfangsdame" war hier auch lange niemand mehr ums Leben gekommen. Da es meine Kameraden ebenso sahen, und um die stressige Unterkunftssuche zu beenden, buchten wir diese Zimmer für die nächsten zwei Nächte und brachen dann auf, um Miami Beach und Key Biscane unsicher zu machen.

Rechtschaffen erschöpft schleppten wir uns nach einem opulenten Essen in unsere Absteige. Am nächsten Morgen wollten wir uns dann um acht Uhr auf den Weg nach Key West machen … und mussten nun beinhart erfahren, warum hier noch Zimmer vakant waren: Der Schuppen lag genau in der Einflugschneise der Homestead Air Force Base: Alle paar Minuten bebte der gesamte Bau samt Schränken, Betten, Duschen und amerikanischen King Size Toiletten, weil irgendein Kampfjet, Bomber oder Transporter landete oder startete …

So trafen wir uns dann schon um sechs Uhr morgens mit tellergroßen, trüben Augen vor dem Motel, um der Sonne entgegenzufahren.

Mit Sonnenaufgang hatten wir Key Largo erreicht und beschlossen, in einer Filiale einer amerikaweit geschätzten Schnellrestaurantkette zu frühstücken. Der Gedanke an einen Burger oder ein Steak mit Hash Browns, einem Berg Rührei und einem riesigen Becher starken Kaffees versetzte uns bereits in Euphorie, als wir auf den Parkplatz fuhren … und wir wurden bis ins Mark enttäuscht: Der Kaffee mit dem laschen Aroma abgestandenen Spülwassers war noch das Highlight! Der Rest schmeckte nach stockiger Pappe und nach Essig …

Wir verließen das Restaurant übel gelaunt und nicht ohne eine Kritik auf einer Comment Card zu hinterlassen. Mein floridaerfahrener Kamerad schrieb: „Your breakfast was a Schuss in' Ofen" und unterschrieb mit „The Three From The Petrol Station" … wohl wissend, dass die Verantwortlichen weder mit der Kritik noch mit der Unterschrift (den Ufa-Klassiker „Die drei von der Tankstelle" werden sie wohl kaum gekannt haben) auf Anhieb etwas anfangen können würden … aber sollten sie sich doch erst mal die Köpfe zerbrechen!

Hatte bisher nur unser „Floridaspezialist" das Auto gelenkt, beschlossen wir nun, uns beim Fahren abzuwechseln, damit die „Nichtlenker" jeweils ein wenig Schlaf bekamen.

Irgendwann hatten wir Key West erreicht und damit eine andere Welt! Vielleicht lag es an meiner Übermüdung, dass mir die Menschen hier als völlig durchgeknallt erschienen!? Aber angenehm durchgeknallt. In jedem Restaurant, jeder Bar gab es Livemusik. Ich entdeckte einen interessanten T-Shirt-Shop, und als ich ihn betrat, begannen die drei bildhübschen Verkäuferinnen zu tanzen … durch den Shop, um mich herum und priesen dabei die Ware an. Sie tanzten mit den von mir ausgewählten T-Shirts zur Kasse, tanzten, als ich bezahlte, und betanzten mich bis zur Tür. Als ich den Shop verlassen hatte, hielten sie inne, als ob man ihnen den Strom abgestellt hätte … als sie sich zu unterhalten begannen, verwarf ich den Gedanken, dass sie vielleicht irgendwie gesteuerte Puppen waren ….

Vor einer Biker-Bar standen chromblitzende Harleys. An einigen waren auch Hunde angebunden, die Lederkleidung, Fransenwesten etc. trugen … die Speisekarte versprach „Männeressen" und die

Steaks, die man uns servierte waren tatsächlich fantastisch!

Nach einer Art Stadtrundfahrt in einem albernen bunten Bimmelbähnchen, einem Strandspaziergang und einem Abschiedsbier bei Sloppy Joe's machten wir uns auf den Rückweg in die Glades und liefen kurz vor Mitternacht erschöpft im Falcon Inn ein … wo der Geräuschpegel der Homestead Air Force Base neue Dimensionen erreicht hatte.

Am nächsten Morgen beluden wir noch vor Sonnenaufgang (geschlafen hatten wir eh nicht) den Ford und machten uns auf den Weg zurück nach Orlando. Dort checkten wir in einem Bungalowdorf am Buena Vista Lake ein, wo auch unser Symposium stattfinden sollte. Das uns zugewiesene Häuschen verfügte über vier Ferienwohnungen und war über einen kleinen Steg durch eine fantastische Poollandschaft zu erreichen. Ich schrieb es der Müdigkeit zu, dass ich schon beim ersten Schritt auf den Steg strauchelte und samt Gepäck am Geländer vorbei in einen der Pools plumpste. Aber das Wasser war angenehm temperiert und unsere Appartements verfügten, neben sonstigen Annehmlichkeiten, auch über Waschmaschine, Trockner und Bügeleisen …

Die vier Symposiumstage verliefen dann erstaunlicherweise ohne jegliche Pannen, und als wir am Morgen des insgesamt neunten Tages in Florida den Flieger nach Washington bestiegen, hatten wir uns von den Strapazen der vergangenen Tage einigermaßen erholt.

Im Washington Dulles International Airport stiegen wir dann um in eine betagte Boeing 707 (die Flugbereitschaft des Verteidigungsministeriums flog damals diese alten Klepper noch), die uns zurück nach Hause bringen sollte. Sie schaffte es jedoch nicht allzu weit: Über Ost-Kanada fiel ein Triebwerk aus, und so landeten wir auf der Goose Bay Airbase in Neufundland/Labrador.

Wir waren morgens bei über 25°C im hellen Florida gestartet und nun bei Dunkelheit an einem etwa 40°C kälteren Ort gelandet. Der Körper reagierte auf die neue Belastung mit Hunger und Durst: Nachdem wir die uns zugewiesenen Unterkünfte bezogen und unsere Familien benachrichtigt hatten, widmeten wir uns einer ausgiebigen Mahlzeit und später dem intensiven Genuss der soeben kennengelernten Moose Milk (Elchmilch), einer überaus schmackhaften Bowle aus mehreren hochprozentigen Schnapssorten, Kaffee, Vanilleeis, Milch und verschiedenen Gewürzen. Noch vor Mitternacht lag ich im Bett, und nichts und niemand hätte mich jetzt wecken können!

Nach dem Erwachen aus einem komatösen Schlaf war ich angenehm überrascht vom Komfort des Zimmers. Draußen lag etwa anderthalb Meter hoch Schnee, doch von der Kälte war im Gebäude nichts zu spüren. Als ich geduscht hatte und mein Zimmer Richtung Kantine verließ, um zu frühstücken, stieß ich auf einen meiner Kameraden. Er lag in eine Decke gehüllt auf vier zusammengeschobenen Stühlen vor seiner Zimmertür und schlief. Wie sich später herausstellte, hatte er nach dem Gelage gestern Abend, seinen Zimmerschlüssel nicht gefunden und kurzerhand beschlossen, es sich mit dem gemütlich zu machen, was ein Lagerraum am Ende des Flures hergab.

Bei unserer Ankunft hatte ich mitbekommen, dass die Unterkunftsgebäude alle mit unterirdischen Gängen verbunden waren. Um möglichst immer im Warmen bleiben zu können, dachte ich … doch als ich hinaus ins Freie trat, weil ich meinen Kater schockgefrieren wollte, entdeckte ich einen weiteren Grund: Das Erste, was ich sah, als ich die Außentür geöffnet hatte, war ein auffälliges Schild mit der Aufschrift „Beware of Polar Bears" ... ich habe das Gebäude nicht verlassen!

Im Laufe des Nachmittags landete eine weitere 707 der Luftwaffe. Sie brachte Ersatzteile und Instandsetzungspersonal für das defekte Triebwerk und nahm uns mit nach Hause.

Ich schlief während des gesamten Fluges, und als wir in den frühen Morgenstunden in Köln/Bonn landeten, konnte ich es kaum erwarten, meine Frau in die Arme zu nehmen. Ich hatte sie bereits entdeckt, sie stand winkend am Ausgang des Gates.

Die Passagiere vor mir hatten den Ausgang problemlos passiert, doch als ich ihn fast erreicht hatte, traten zwei Zöllner in meinen Weg und fragten mich, ob ich etwas zu verzollen hätte. Nachdem ich verneint hatte, führten sie mich zu einem abseitsstehenden Tisch und baten mich, meinen Koffer zu öffnen und dann zurückzutreten. Sie begannen, in meinen Sachen zu suchen und fanden relativ schnell jene Plastiktasche, in der ich meine schmutzige Wäsche aus Florida verpackt hatte. Da man von außen nicht sehen konnte, was dieser Beutel enthielt, öffneten sie den Reißverschluss, und kippten den Inhalt auf den

Tisch.

Nun, ich hatte in Florida einige von Schweiß und Luftfeuchtigkeit klamme Kleidungsstücke einpacken müssen, ohne sie vorher trocknen zu können. Sie waren wohl während des Irrfluges in den vergangenen zwei Tagen immer mal wieder gefroren (im Laderaum der Flugzeuge und in Goose Bay) und wieder aufgetaut und gaben nun all das in dieser Zeit angestaute Flavour - ihren „Duft" - der Umwelt preis … die beiden Beamten brachen die Durchsuchung auf der Stelle ab und wünschten mir einen guten Heimweg …

Freudig nahm ich die guten Wünsche an, konnte endlich meine Frau umarmen … und ich hatte viel zu erzählen …

Mexico

Es begab sich zu der Zeit, als Mobiltelefone noch groß wie der Länge nach halbierte Ziegelsteine waren, daher in Aktenkoffern transportiert werden mussten und deswegen auch nicht "Handy" sondern "Knochen" genannt wurden. Internet für private Nutzung steckte in den Kinderschuhen und All-Inklusive-Hotels waren in Europa noch weitgehend unbekannt. Wir stießen erstmals auf diese Art der Rundumversorgung, als wir damals einen Urlaub in Puerto Vallarta in Mexiko buchten. Dieser wunderschöne Ort an der Pazifikküste nahe der Baja California, war seinerzeit für die Amis und Kanadier das, was für uns Europäer das spanische Marbella bedeutete … ein Tummelplatz für Schöne und Reiche … aber das wussten wir bei der Buchung noch nicht.

In einer eiskalten Februarnacht machten wir uns mit einem Leihwagen auf den Weg nach Frankfurt, weil von dort unser Flieger über den großen Teich ging … in aller Herrgottsfrühe.

Nachdem die Crew das Sicherheitsbriefing beendet hatte, waren wir gestartet und bei mir hatte sich, wie immer, bereits mit dem Abheben Urlaubsempfinden eingestellt. Übermüdet und in wohligem Erwarten dessen, was alles an Interessantem und Schönem auf uns warten würde, schlummerte ich so langsam ins Traumland … als mich eine Durchsage zurück ins Leben beamte. Eine wohlklingende Männerstimme intonierte mit niedlichem Schweizer Akzent:

„Grüazi miteinander, hier spricht euer Kapitän, den euch die Cooperation der Lufthansa mit der Swissair beschert hat. Wir haben den Luftraum über Frankfurt verlassen und befinden uns jetzt im Steigflug, bis wir unsere Reiseflughöhe erreicht haben werden. Wenn ihr aus dem Fenschtr auf die Wolken schaut, dann werdet ihr erkennen, wie der Flieger immr höhr steigt … das ischt schier unglaublich, wie er steigt … er steigt und steigt und steigt und irgendwann sind wir dann oben, odr!?".

In der Kabine verstummten langsam die Gespräche und ich war mir nicht sicher, ob ich nicht doch träumte oder ob über das Bord-Entertainment vielleicht eine neue Version von Emil Steinbergers „Der Pilot" lief.

Die Schweizer Stimme fuhr fort „Wenn wir dann unsere Reiseflughöhe erreicht haben, werde ich euch ein wenig über unsere Flugroute erzählen und euch erklären, warum ein Flugzeug überhaupt fliegt …"

Es herrschte nun Totenstille im Flieger, die Hand meiner überaus flugängstlichen Frau hatte sich um meinen Unterarm gekrampft und die Gesichter unserer Mitreisenden zeigten deutlich ihre Gedanken: „Was war das denn jetzt!?", „Was hat der eingeworfen?" und einer der Passagiere rief seine Angst lautstark in Richtung Stewardess: „Ist wenigstens der Copilot nüchtern?" Diese versuchte lächelnd zu erklären, dass der Kapitän einfach nur ein sehr netter und humorvoller Mensch sei. Man blieb misstrauisch …

Als wir nach langer Stille die Reiseflughöhe erreicht hatten, öffnete sich dann die Türe zum Cockpit und ein kleiner schlanker Mittfünfziger (geschätzt) mit Vollbart und strahlend listigen Augen betrat die Kabine. Auf seinen schmalen Schultern prangten die Kapitänsstreifen und sein Lächeln erhellte die Kabine wie die aufgehende Sonne. Er scherzte mit Fluggästen, erklärte, welche Route wir fliegen würden und hielt einen kleinen Vortrag über Aerodynamik … nicht über Lautsprecher, nein, mitten unter den Menschen in der Kabine … seine Weise, Passagiere mit Flugangst zu beruhigen …

Wir lachten viel, die Stimmung im Flieger lockerte sich fast zu Ausgelassenheit und nach einem guten Essen und noch ein paar lustigen Geschichten (nun allerdings über Lautsprecher) aus dem Cockpit landeten wir bereits in Tampa, Florida, wo wir in den Anschlussflug nach Puerto Vallarta umsteigen mussten.

Fluggäste, die in Florida blieben, wurden zu den Einreise Countern komplimentiert, wir Weiterreisenden zum Transitbereich geleitet … geführt von einem weiblichen schwarz gekleideten dunkelhäutigen Whopper-Fan mit einem riesigen Revolver im Hüftholster und begleitet von einem hellhäutigen männlichen und einem dunkelhäutigen weiblichen schwarz gekleideten Doppel-Whopper-Fan … ebenfalls mit Riesenrevolver und mit Maschinenpistole!

Unser Transitbereich bestand aus einem Aufenthaltsraum und einer Toilette. Im Aufenthaltsraum gab es ausreichend Sitzgelegenheiten, einen Tisch, der mit Getränken und Snacks gedeckt war und einen riesigen Fernseher. An der Tür zum Aufenthaltsraum, an der Toilettentür und am Ausgang stand jeweils eine der geschwollenen schwarz gekleideten und bis an die Zähne bewaffneten Kreaturen. Jeder Versuch, ein Gespräch mit den diesen finster dreinblickenden und Kaugummi kauenden Wesen zu beginnen endete mit dem Statement, das sie nicht befugt wären, mit Transitreisenden zu plaudern.

Irgendwann musste meine Frau zur Toilette. Da ich dienstlich schon einige Male in den USA war, wusste ich, welche Frage ihrer bei der Rückkehr fassungslosen Mimik folgen würde: „Was sind das denn für Toiletten? Wer braucht denn solch riesige Toiletten?" Ich deutete mit dem Kopf auf den die Türe bewachenden Kaugummi kauenden Berg und sah in den Augen meiner Frau zunächst Verstehen, dann entsetzten ... vermutlich hatte sie sich auch vorgestellt was mit Toiletten „unserer Größe" passieren könnte, wenn ...

Nach einer guten Stunde Wartezeit durften wir dann dieses komfortable Gefangenenlager verlassen und wurden von der Kaugummi kauenden schwergewichtigen und bis an die Zähne bewaffneten Aufsicht zum Gate für unseren Anschlussflug geleitet. Nach dem Start gab es ein leckeres Frühstück und der Ausblick auf den rauchenden Gipfel des Popocatepetl in der aufgehenden Sonne über den Wolken entschädigte unsere Augen für die vorausgegangene visuelle Folter.

Puerto Vallarta ist mir als eine unglaublich saubere Stadt in Erinnerung. Die Gegend ringsherum "freundlicher Urwald" neben wunderschönen Stränden und bekannt für das besonders "warme Licht", den Grund, warum man dort oft Filme dreht(e), wie z. B. "Die Nacht des Leguan" oder auch "Predator".

Die meisten Touris waren Amerikaner und Kanadier, gefolgt von Skandinaviern und dem Rest der Welt. Im Hafen legten wöchentlich 2, 3 große Kreuzfahrtschiffe an, deren Ankunft sich kurz vorher dadurch ankündigte, dass Geschäfte, die Schmuck, Kunsthandwerk oder Souvenirs verkauften, hektisch die Preisschilder in den Auslagen und Ausstellern tauschten. Die neuen Schildchen zeigten dann oft drei oder viermal so hohe Preise wie normal und konnte man die Verkäufer sonst manchmal noch fast um die Hälfte (des Normalpreises) herunterhandeln, so war Handeln strikt unmöglich, wenn Kreuzfahrer in der Stadt waren.

Die Hotelanlage raubte uns den Atem! Äußerlich ein richtiges kleines Dschungeldorf am Strand mit Wohnhütten und -Häusern, Restaurants und Bars. Im Inneren boten diese Bauten unglaublichen Komfort ... und alles war inklusive ... jedes Essen in jedem Restaurant, jedes Getränk in jeder Bar! Wie schon "gesagt": In Europa war so etwas noch unbekannt ...

Dieses Angebot wussten hauptsächlich einigermaßen gut verdienende Amerikaner und Kanadier zu nutzen. Sie kamen meist für eine Woche eingeflogen und waren dann für Dauer ihres Aufenthaltes stets in Strandnähe zu finden, meist lallend, spätestens ab dem dritten Tag sabbernd und mit hängender Unterlippe und stets mit Getränkebechern ... einen in jeder Hand. Die jüngeren dieser Partyschluckis nahmen bereits vormittags an Spielen teil, die immer mit dem Genuss von Tequila oder einem Mixgetränk aus Tequila endeten. Am beliebtesten war Pool-Volleyball. Für jeden erzielten Punkt oder Vorteil gab es für jedes Mannschaftsmitglied einen Schluck aus der Tequilaflasche und viele lagen dann schon gegen 11:00 Uhr morgens laut schnarchend auf irgendwelchen Liegen oder in Hängematten … Männlein und Weiblein.

Einige dieser vergnügungssüchtigen Yuppies gingen gar direkt nach dem Einchecken ins Hotel mit samt ihren Koffern an eine der Poolbars und hielten da bis zum Abend durch.

Eines Tages betrat auf eben diese Art und Weise ein interessant wirkendes Paar die Szene. Einen mittelgroßen Trolley hinter sich herziehend zog es die beiden ungleichen Menschen direkt aus der Empfangshalle zur nächsten Poolbar.

Sie, höchstens Mitte 20, bildhübsch, mit langem blonden Engelshaar, großem Schmollmund, dezent geschminkten großen grünen Augen, geschmackvoll gekleidet und mit teurem Schmuck an den Händen. Er, mehr als doppelt so alt, mit blond gefärbter Afrokrause, die wie eine explodierte Mütze wirkte, karierten Shorts, knallbuntem Hawaiihemd, Tennissocken in Tennisschuhen und goldener Rolex am Arm und schwerer goldener Ankerkette um den faltigen Hals.

Die beiden ließen sich freudestrahlend auf Barhockern nieder und bestellten sich jeder zwei verschieden bunte Getränke mit Früchten, Strohhalmen, Schirmchen und allerlei anderem Zierrat. Das erste Glas saugten beide in einem Zug aus, das zweite war nach etwa zwei Minuten ebenfalls leer … danach gab es im Viertelstundentakt Nachschub, wobei ihre Blicke die Pflanzen und deren Blüten in ihrer Umgebung betrachteten, seine die bikinigeschmückten Bodys der jungen Frauen am und im Pool.

Irgendwann rutschte er von seinem Hocker, nahm eine Videokamera aus seinem Gepäck und schwankte vermeintlich unauffällig hinter einigen Mädels her, um ihren Po zu filmen. Sie betrachtete kurz gelangweilt die „Modeaufnahmen" ihres Partners um sich dann wieder voll und ganz der Flora der Hotelanlage und den bunten Cocktails der Bar zu widmen. Irgendwann hatten die vielen hübschen Pos wohl Leben in seine Lendengegend gebracht, so dass er, nachdem er ob seines unsicheren Schrittes zweimal nur knapp einem Sturz in den Pool entgangen war, geradewegs auf seine Partnerin zusteuerte um dann, leicht breitbeinig vor ihr stehen zu bleiben. Er beugte sich leicht nach vorne, um seine Kamera auf dem Tresen der Bar abzulegen und grunzte seiner hübschen Begleiterin dabei wohl etwas ins Ohr, was sie genau jetzt wohl nicht hören wollte. Das obere, ihrer übereinander gelegten Beine, streckte sich blitzartig und ihr Spann traf ihren Kameramann mit sattem Klatschen mitten ins Lustzentrum.

Seine Augen traten etwas aus den Höhlen, als er auf die Knie sank während sie deutlich „all inclusive" in sein schmerzverzerrtes Gesicht zischte, um dann mit bedrohlich auf den Stilettos balancierend, ihren Trolley Richtung Hotelzugang zerrte …

Es dauerte eine Weile, bis der alternde Galan ihr folgen konnte … und ich hatte von dem Erlebten noch eine ganze Weile Phantomschmerzen in der Leistengegend …

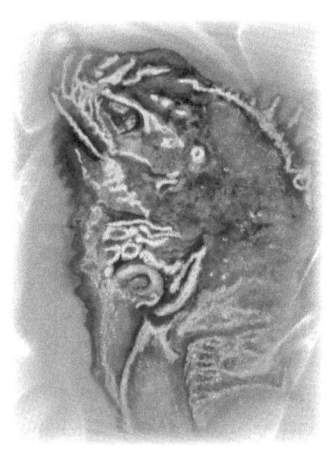

The Puerto Vallarta Hooters

Eines Nachmittags schlenderten wir entspannt durch die Altstadt Puerto Vallartas, als mein Sonnenschein nebenbei bemerkte: „Ich muss mal…" (wir alle kennen das, bei den Mädels). Einige Sekunden später fügte sie hinzu: „… und Hunger hab' ich auch."

Nun ist es nicht so, dass es Downtown Puerto Vallarta keine geeigneten Gaststätten etc. gäbe - im Gegenteil … aber Frauen sind nun mal etwas eigen, wenn es darum geht, eine angemessene Drainagestation zu finden und so weigerte sie sich, die meist urigen Cantinas und Restaurants überhaupt erst zu betreten.

Als sie sichtlich nervös zu werden begann, kam uns dann das Schicksal zu Hilfe: Urplötzlich standen wir vor einem „Hooters", der von außen so steril wirkte, dass sich die Toiletten vermutlich mit jedem keimfreie Operationssaal messen konnten. „Hier geh' ich!" sprach sie, fügte hinzu „Ich möchte Chicken Wings, 'n Salat und 'ne Cola" und verschwand eiligen Schrittes in Richtung Fliesenstudio.

Das erste, was mir in diesem Laden auffiel, war die gute Musik. Es stellte sich sofort so eine Art Hochgefühl ein. Als nächstes erfuhr ich die exaltierte Freundlichkeit der überaus hübschen Bedienungen. Durch die Bank sehr zierlich gebaut, trugen sie alle eine Uniform aus knallengen weißen Träger-Shirts und orangefarbenen Hotpants.

Als meine Frau zurückkam, war meine Bestellung schon fein säuberlich auf dem Tisch drapiert und ich hatte bereits bezahlt, da ich mich nicht allzu lange in diesen nüchternen klimatisierten Räumen aufhalten wollte. Zu unserer Überraschung liefen die Hooters-Mädels plötzlich auf eine kleine freie Fläche im Gastraum und begannen zum nächsten Song zu tanzen … und das verdammt gut ….

Nach dieser Showeinlage rannten die 6 Schönheiten plötzlich los, wählten aus den Gästen einen jungen Amerikaner aus, schleppten ihn zum Tresen und legten ihn auf der Theke ab. Bevor das unsicher grinsende Kerlchen wusste, wie ihm geschah, waren ihm Hände und Füße gebunden und man hatte ihn, mit den Füßen himmelwärts, neben der Theke aufgehängt. Nun spielte man den alten 60er Song „Tequila" von den Champs und wirbelte den armen Kerl dabei um die eigene Achse. Dieser Song ist ja ein Instrumentalstück, das alle paar Takte von dem Ausruf „Tequila" unterbrochen wird. Jedes Mal, wenn es soweit war, bremsten die Mädels den wirbelnden Körper ab, hoben Kopf und Oberkörper des jungen Mannes an und setzten ihm eine Tequilaflasche an die Lippen, so dass er zwei, dreimal schlu-

cken musste – um ihn danach wieder herum zu wir-
beln …

Das ging so, bis das Lied endete, dann band man
den jungen Mann los und hielt ihn fest, bis sein
Schwindel vorüber war. Die Restaurantgäste hatten
sich köstlich amüsiert und etwa 10 Minuten später
verließ „das Opfer" mit seinen Freunden das Lokal;
ich sah ihnen durch das große Fenster nach. Die jungen Leute hatten in der Mittagshitze die Straße über-
quert, als der Schritt des tequilabefüllten Amis plötzlich unsicher wurde …

Er bekam leichte Schlagseite nach links, lief einen
Halbkreis, rannte in einen hohen Busch, federte von
dort zurück und landete mit dem Po auf einer kleinen Rasenfläche. Seine ungläubig rollenden Augen
schienen angestrengt zu versuchen, sich an seiner
Umgebung zu orientieren … scheinbar aber erfolglos, denn nach mehrmaligem tiefen Einatmen kotzte
er zirka zwei Burger, eine Portion Chicken Wings
und etliche Fritten in seinen Schoß.

Als ich wieder in den Gastraum vor mir schaute,
hatten die sich die Mädels schon wieder zum Abstep-
pen zusammengefunden und schauten dabei auffallend oft in meine Richtung … wir hatten Hooters
verlassen, noch bevor das Lied zu Ende war …

Karneval

Im Dezember 1977 waren wir nach Köln gezogen, 1978 erlebten wir unseren ersten Karneval.

Als erstes lernte ich am Weiberfastnachtsabend von dem damals amtierenden Karnevalsprinzen des Vorortes (der eigentlich gar kein „Eingeborener" sondern ein zugereister Franke war und nach eigenen Angaben etwa 500.000 DM investiert hatte um Prinz zu werden und sich damit als Immobilienmakler zu etablieren), welchen überaus ernsten geschäftlichen Hintergrund der Karneval in Köln hat.

Als nächstes erfuhr ich, dass es eine sehr hohe Sextourismusrate gab. So lernten wir beispielsweise am Morgen des Karnevalssonntag eine norddeutsche Frauengruppe (im Alter zwischen Mitte zwanzig und Mitte vierzig) kennen, die alljährlich von Weiberfastnacht bis Aschermittwoch in Köln regelrecht durchvögelten (ihre Männer fuhren dafür einmal jährlich 'ne Woche nach Malle). Einige von ihnen verschwanden in den wenigen Stunden, die wir gemeinsam am Tisch saßen, gar mehrmals mit unterschiedlichen Männern auf ihr Zimmer im nahe gelegenen Hotel!

Eher nachdenklich als fröhlich stand ich dann irgendwann mit Freunden und Verwandten am Rosenmontagszug und wurde zusehends ärgerlicher, als ich mit ansehen musste, wie erwachsene Menschen Kinder und ältere Leute zur Seite schubsten, schlugen und traten, nur um sich diese Kamellen zu sichern.

Das war der Augenblick, an dem ich negativ voreingenommen gegenüber diesem Karneval wurde - und frei nach „Murphy" nahm das Unglück seinen Lauf:

Ich hatte mich etwas weiter nach hinten gestellt (so etwa in die dritte Reihe), um nicht diesen verbissenen Kampf um diese scheiß Bonbons mitbekommen zu müssen und dadurch zu spät bemerkt, dass die Menschen in den zwei Reihen vor mir plötzlich panisch auseinander stoben. Da ich mich mit meinem Schwager neben mir unterhielt, wurde ich erst dann gewahr, dass anderthalb Meter vor mir ein Zugpferd mit etwa armdickem Strahl auf die Straße urinierte, als ich bereits bis in Hüfthöhe bespritzt war. Ich musste nun lernen, dass es wahrlich nicht das Selbstbewusstsein hebt, wenn Menschen Abstand zu einem halten, weil man nach Pferdepisse riecht. Also verließ ich meine Lieben, um sie mit Kölsch zu versorgen.

Ich war zurückgekehrt und hatte die Kölschgläser verteilt, hob meines mit der Rechten über meinen Kopf empor und rief „Prost". Exakt in diesem Augenblick ging ein leichtes Rucken durch das Glas und mir lief Kölsch in den Ärmel und über den Kopf. Mein Kölschglas war nur noch etwa zu einem Viertel gefüllt – dafür dümpelte fröhlich eines dieser Bonbons, eine Kamelle, in der verbliebenen Pfütze. Während ich es noch fasziniert betrachtete, wurde das Glas wohl wiederum von Wurfmaterial getroffen, denn nach einem kurzen Klirren hatte ich nur noch einen gezackten Glasboden in der Hand, der Rest war in Scherben auf dem Boden zerschellt.

Anstatt mich nun ruhig in eine Ecke zu stellen und abzuwarten, gab ich jedoch irgendwann dem Drängen meiner lieben Frau nach und kaufte 4 Becher Glühwein für die Mädels. Als ich meine Gruppe fast wieder erreicht hatte (die zunehmend durch die Becher dringende Hitze hatte mich ziemlich beschleunigt), schrie ein Jeck neben mir „Alaaf" und riss dabei beide Arme nach oben. Noch heute sehe ich die leeren Becher (der Glühwein hatte sich auf meiner Jacke verteilt) wie sie - wie in Zeitlupe - im Luftraum über meinem Kopf tanzen…

Ich war überaus glücklich, als wir kurz vor Zugende eine Kneipe aufsuchten und dort noch einen tollen Tisch bekamen. Nach einigen Gläsern Kölsch ging ich, um in meiner Blase Platz für neues Bier zu schaffen. Zu den Toiletten musste man eine ziemlich steile Treppe hinabsteigen und als ich fast angekommen war, stand auf der untersten Stufe eine recht hübsche und recht angetrunkene junge Frau und lächelte mich an. Sie hatte in einer Hand ein Täschchen, in der anderen ein halb volles Kölschglas und breitete die Arme aus, um mir den Weg zu versperren. Ich hatte schon einmal von dem Brauch gehört, dass Mädels manchmal ein „Bützchen" (Bussi) als Wegzoll verlangen und ließ es zu, dass sie mir eine Stufe entgegenkam und beide Arme um meinen Nacken legte. Als sich ihr Gesicht dem meinen näherte, rutschte sie allerdings von der Treppe ab und der eiskalte Inhalt ihres Bierglases lief in meinen Pullover und meinen Rücken hinab …

Den Zwischenfall vor Freunden und Verwandten zu verheimlichen war nicht möglich, denn mein Schwager hatte die Szene beobachtet und als ich wieder nach oben kam, lag die Horde vor Lachen nahezu unter den Tischen. Nicht lange, nachdem ich saß und dass klebrig nasse Empfinden im Rücken zu weichen schien, nahm plötzlich eine überaus aufgetakelte und betrunkene Mittsiebzigerin (geschätzt) auf meinem Schoß Platz und begann mich anzusingen (es lief gerade das Lied „Schau mir in die Augen") und regelrecht zu befummeln. Fassungslos und starr vor Entsetzen ließ ich wohl zu, dass sie ihren Lippenstift über mein Gesicht verteilte. Mein Überlebenswille kehrte erst zurück, als ich bemerkte, wie sich meine lieben Freunde und Verwandten die

Tränen aus dem Gesicht wischten und mein allerliebstes Eheweib quietschte: „Ich mach' mir gleich in die Hose!"

Im Nachhinein erfuhr ich, dass sich das Weiblein in meiner Abwesenheit wohl am Tisch nach mir erkundigt hatte und ihr einhellig bestätigt worden war, dass ich ledig und sehr einsam sei.

Ich gehe Karneval nicht mehr gerne aus dem Haus!

Aufwachtraum

Ich schwebe,
treibe in einer schneeweißen Wolke,
der einzigen am weiten Firmament.
Kühle belebt meine nackte Haut,
als ich ihren Dunst verlasse
und kurz noch spüre ich
ihren schwachen Schatten,
bevor die Morgensonne sie aufgelöst.

Ich falle nicht,
schwebe auf Gedanken und Sinnbildern,
ruhe in mir.
Es ist still, warm und hell,
die Welt über mir tiefblau,
silbriger Horizont.

Ich sinke in tiefgelbe, ockerfarbene,
orange und rotbraune Konturlosigkeit.
Mein Herz scheint angeschwollen vor Glück
und das wunderbare Schwingen
in meiner Seele heißt Frieden.

Meine Tränen
lassen die Farben ineinander fließen
und ich fühle tiefen Schmerz,
als die Welt sich verdunkelt.
Gewissheit, dieses Empfinden zu verlieren,
diese Wunderwelt verlassen zu müssen …

Stimmen aus Lautsprechern,
begleitet vom metallischen Piepen
des Funkweckers ...

Die Schwerelosigkeit weicht bleiernem Fleischwerden und dem Gefühl in weichem Boden festzukleben...

Der Versuch, mit dem „eingeschlafenen" und daher kaum kontrollierbaren Arm dieses kreischende Piepen abzustellen, geht zweimal daneben. Beim dritten Mal treffe ich den Wecker, der, so beschleunigt, eine kleine ballistische Parabel beschreibt und dann auf dem Boden zerschellt.

Verwirrt von hüpfenden Gedanken und unter psychischen und physischen Qualen verlasse ich das Nachtlager. Meine Extremitäten sind mittlerweile wieder so gut durchblutet, dass es mir gelingt, alle Gehäuseteile des Weckers einzusammeln und sie unfallfrei in die Küche zu bringen. Während ich sie wieder zusammensetze, kehrt die Erinnerung an das vergangene Wochenende zurück und ich realisiere: Es ist Montagmorgen!

Nil

(April 2000)

Dahinfließend mit der Würde,
die seinem Alter angemessen,
vereinigt er alle Anmut
makelloser Schönheit,
die er seit jeher überlebt.

Von des Morgens
jungfräulicher Frische,
durch scheinbar glühendes Nichts,
bis zu des Abends warmem Licht
und in eiseskalter Wüstennacht
liegt er in schlammigem Bett.
Bedächtig, scheinbar träge,
fließt er doch unermüdlich.

Vieltausendmal
älter als Menschengedenken
verhalf Kulturen er
zu strahlendem Ruhm
und auch zum Niedergang.

Da er das Leben ist,
bringt manchmal er auch Tod.

Nil

Abenteuer Ägypten

Nachdem wir uns in Sharm el Sheikh einige Tage lang an das Wüstenklima gewöhnt hatten, brachen wir nun zu einer Nilkreuzfahrt nach Luxor auf.

Wir hatten einen Linienflug mit Egypt Air gebucht, wurden aber zu einem Boeing ähnlichen Flieger mit der Aufschrift „Kairo Air" gebracht. An Bord waren insgesamt nicht mehr als etwa 20 Passagiere und, was ungewohnt war: Bei allen unbesetzten Sitzen waren die Rückenlehnen nach vorne geklappt. Nachdem uns eine bildhübsche öläugige Flugbegleiterin bestätigt hatte, dass wir im richtigen Flugzeug säßen, rollte dieses auf die Startbahn und beschleunigte. Als in diesem Moment all die nicht genutzten Rückenlehnen in die Senkrechte klappten, geriet das etwa 5 Reihen hinter uns sitzende amerikanische Pärchen nahezu in Panik. Genau wie wir hatten sie erst jetzt entdeckt, dass sämtliche Sicherheitshinweise in kyrillischer Schrift verfasst waren und der Gedanke, möglicherweise in einem russischen Flugzeug sterben zu müssen, ließ sie offenbar beten. Kurz nachdem die süße Stewardess sie beruhigt hatte, waren wir bereits in Luxor gelandet.

Da meine Frau in der Zentrale eines großen Reiseveranstalters arbeitet, haben wir an unseren Urlaubsorten oft VIP-Status. So wurden wir vom Limousine Service abgeholt, brauchten uns nicht um unser Gepäck kümmern und wurden nach dem Einchecken auf einem palastähnlichen Schiff in die größte Suite im Bug geführt. Und es begannen wundervolle Tage auf dem Nil. Sie waren geprägt von unglaublichen visuellen Eindrücken, der Gesellschaft mit tollen Menschen und einem unbeschreiblich lieben und gastfreundlichen Servicepersonal (ausschließlich Männer), das wir dafür natürlich mit reichlich Bakschisch entlohnten.

Wir hatten uns an alle Insiderregeln gehalten: Vor und nach jedem Essen einen kleinen Schluck hochprozentigen Alkohols und Rohkost erst in ganz kleinen Mengen genießen, damit sich der Körper an die unbekannten Bakterienstämme gewöhnen kann. Wir waren dadurch schon frühmorgens recht fröhlich und blieben, im Gegensatz zu anderen, von Pharaos Rache (einem von Schmerzen und Fieber begleiteten Brechdurchfall) verschont.

Als wir am 5. Tag, von Assuan zurückkehrend, wieder in Luxor einliefen, hatten wir noch anderthalb Tage voller Besichtigungstouren vor uns. Die Außentemperatur war auf 56°C gestiegen, was mich dazu bewegte, den gesamten Nachmittag im Pool auf dem Sonnendeck zu verbringen. Bisher hatte ich den Kontakt mit diesem Wassers vermieden, weil natürlich der eine oder andere Tropfen auch den Mund berührt.

Nachdem ich dann in der Nacht ein bisher unbekanntes und Respekt einflößendes Blubbern und Beben im Verdauungstrakt vernommen hatte, ließ ich mir morgens an der Rezeption einige jener Wundertabletten geben, die man dort gegen Pharaos Rache bereithielt. Innerhalb weniger Stunden war ich wieder fit. Es war schließlich mein 50. Geburtstag!

Am Nachmittag fuhr unser Reiseführer Ahmed mit mir in ein Institut, in welchem Papyrus bemalt wurde und bestand darauf, dass ich mir ein Bild aussuchte, das er mir dann zum Geschenk machen wollte. Ich mochte dem meines Dafürhaltens sicher nicht reichen Mann nicht übermäßig schädigen und ließ mir eine kleine Kartusche mit meinem Namen und Geburtsdatum malen.

Beim Diner am Abend gingen dann plötzlich die Lichter aus. Irgendwo her erklang rhythmisches Trommeln, und ein lärmender Fackelzug bewegte sich alsbald durch das Restaurantdeck bis zu unserem Tisch. Das Trommeln hielt inne, man verbeugte sich vor mir und überbrachte Glückwünsche sowie eine gigantische Cremetorte. Von dieser Torte wurde jedem, der an meinem Tisch saß, ein Stück serviert ... dann verschwand der Fackelzug wieder ... trommelnd ... und mit dem Rest meiner Torte.

Da es auch unser letzter gemeinsamer Abend war,

beschloss unsere Reisegruppe, dass alle Reste mitgebrachten Alkohols an diesem Abend vernichtet werden müssten. Also trafen wir uns nach dem Essen auf dem unteren Achterdeck, wo es einen nach oben und hinten offenen Raum gab, der mit vielen orientalischen Sitzkissen ausgestattet war. Aus der Bar hatten wir uns große Gläser besorgt, die nun jeweils mit einer Schnapssorte gefüllt wurden und dann die Runde machten.

Einer der netten jungen Nubier des Servicepersonals, der regelmäßig nach unseren Wünschen fragte, war überaus amüsiert ob unserer guten Laune und fragte, was wir denn tränken. Ich nannte ihm die Schnapssorten und ermutigte ihn, doch einmal zu probieren. Da es schon dunkel war, und Allah es daher nicht mitbekam, nahm er aus jedem der Gläser einen guten Schluck, zog dabei Grimassen, die uns Tränen in die Augen trieben und verschwand irgendwann gut gelaunt im Labyrinth der Decks.

Als ich mich am nächsten Morgen ziemlich verkatert zur Rezeption schleppte um auszuchecken, schien mich die gesamte Schiffsbesatzung zu kennen. Jeder Livrierte, der mir entgegen kam, winkte und rief schon von weitem: „Morning Mister Peter!"

Als wir nun das Schiff verlassen wollten, hatte sich das maßgebliche Servicepersonal zu einer Art Spalier aufgestellt, nur um meine Frau und mich zu verabschieden. Sie hatten meiner Frau eine wunderhübsche Silberkette besorgt und ich wurde von jedem Einzelnen mit einer Art Bruderkuss bedacht. Man gab mir zu verstehen, dass dies eine große Ehre sei, allerdings … ägyptische Männer küssen sich auf den Mund … und was bei manchem wie eine schwarze Zahnlücke aussah, war in Wirklichkeit keine! Ich hatte die intensivste und hartnäckigste Gänsehaut meines Lebens - sie ließ erst wieder nach, als wir wieder in Sharm el Sheikh landeten.

Dort waren wir dann abends vom Chef der lokalen Touristikagentur zu einem feudalen japanischen Essen eingeladen, als dieser fragte, ob ich mir denn in Luxor auch ein schönes Papyrusbild ausgesucht hätte, er hätte den Reiseführer angewiesen mir ein solches zu kaufen. Ich bejahte und haderte innerlich heftig mit meiner übertriebenen Bescheidenheit.

Seit wir das Schiff in Luxor verlassen hatten, litt ich zwar nicht mehr an Durchfall, verfügte aber über eine „übermäßig gute Verdauung": Ich musste einfach nach jeder Mahlzeit zur Toilette. Als ich wieder einmal auf dem Töpfchen war, versuchte meine treusorgende Gattin dem Kräuterkundigen in der Shisha-Ecke (wo wir allabendlich unser Wasserpfeifchen rauchten), der weder Deutsch noch wirklich Englisch verstand, klarzumachen, dass ich Probleme mit der Verdauung hätte. Als ich zurückkam, hatte er mir einen Tee gemischt und gebrüht, der so fantastisch schmeckte, dass ich gleich noch zwei Tassen davon trank. Was dann kam, konnte ich mir nur so erklären, dass der Mann verstanden haben musste, dass ich an Verstopfung litt … ich hätte ohne viel Übung durchaus aus einigen Metern Entfernung durch einen Ring in einen Flaschenhals kacken können!

Aber auch hier gab es eine Medizin vom Hotelarzt, die das Problem innerhalb eines Tages beseitigte.

Am übernächsten Morgen, nach dem Frühstück, suchte ich gutgelaunt den riesigen Hotelpool auf, um einige Bahnen zu schwimmen. Genau am anderen Poolende, mir gegenüber, ließen sich gerade drei bildhübsche junge Mädels aus der russischen Hupfdohlentruppe nieder, die allabendlich das Unterhaltungsprogramm mitgestaltete. Ich entschied, Butterflystil zu schwimmen, a) weil ich es kann und es stark aussieht und b) weil es die Oberkörpermuskulatur schwellen lässt, was sich ziemlich gut macht, wenn man dann mit nass glänzendem Körper aus dem Wasser steigt. Durch meinen Übereifer und aufgrund der Tatsache, dass ich meine Schwimmbrille nicht auf hatte, konnte ich die Entfernung zum nahenden Beckenrand nicht richtig einschätzen. Als ich den Kopf mal wieder zum Atmen aus dem Wasser hob, hatte ich den Beckenrand bereits erreicht und schlug mit dem Mund an der steinigen Kante an. Ich wusste, dass ich jetzt blutete, versuchte dabei aber möglichst cool auszusehen, vollendete meine Wende und schwamm in die Gegenrichtung davon als sei nichts geschehen. Die weit aufgerissenen Augen meiner Frau bestätigten meinen Verdacht. Als ich dem Wasser entstieg, drückte ich mir sofort das große Badelaken aufs Gesicht, während ich meiner Süßen zunuschelte „Reiß Dich bitte zusammen!" … sie wird nämlich immer ohnmächtig, wenn sie mich bluten sieht …

Als ich im Zimmer angekommen war, hatte die Blutung fast aufgehört und ich konnte deutlich erkennen, dass ich mir mit den beiden Schneidezähnen zwei längliche Löcher durch die Unterlippe gestanzt hatte. Die Erfahrung, die ich mit dem Poolwasser auf dem Schiff gemacht hatte, ließ mich reflexartig nach dem Jod in unserer Reiseapotheke greifen. Die Geräusche, die ich dann von mir gab, müssen herzergreifend und eindringlich gewesen sein, weil sie das gesamte Reinigungs- und das Poolpersonal herbeiriefen. Als die Blutung dann endgültig gestoppt war, klebte ich mir ein Pflaster übers Kinn und alles war wieder gut.

Die Frau die uns beim Abendessen gegenüber saß, wurde zuerst ziemlich blass, dann weiteten sich ihre Augen ungläubig und sie atmete schwer. Als ihre Augen zu flimmern begannen, und sie drohte, langsam von ihren Stuhl zu rutschen, bemerkte ich auch die entsetzten Blicke der anderen Gäste. Ich hatte nicht gemerkt, dass durch meine Mundbewegung beim Essen, zum einen das Pflaster, das wegen meines Kinnbartes sowieso nicht optimal hielt, zu einer Seite weggeklappt war und zum anderen die beiden Wunden wieder angefangen hatten zu bluten und mir das Blut nun über das Kinn am Hals entlang ins Hemd lief…

Das Hotel bat mich, mir das Essen für den Rest meines Urlaubes aufs Zimmer bringen zu dürfen...

Frühlingserwarten

Licht hat sich über die Dunkelheit erhoben,
verkündet einen wundervollen Tag.
Der frühe Morgen illustriert Gegensätzlichkeiten.
Klares, kaltblaues Himmelsgewölbe,
gelborange visuell warme Helligkeit.
Bäume noch kahl,
blühendes Buschwerk,
grüner Rasen,
atmosphärische Stille,
Vogelgezwitscher.

Leben erwacht allenthalben,
auch in der Seele.
Sehnsüchte, Wünsche, Lust,
Spannung, Hoffen, Erwarten.
Scheinbar vernehmbarer Herzschlag,
sinnliches Schwingen im Innersten
zaubert Tiefe in leuchtende Augen.

Wechselnde Empfindungen,
Gedanken tanzen,
gefälliges Mienenspiel, Lächeln.
Manchmal Atemlosigkeit, Unruhe,
aggressives Verlangen nach Zärtlichkeit.
Übervolles Herz,
süßer Schmerz…

Frühlingserwarten…

Ballermann 2008

Ich bin zwar seit Sonntag schon wieder zurück, von der Playa de Palma, hab' meine Eindrücke aber wohl erst heute so weit verarbeitet, dass ich ohne Gänsehaut zurückdenken kann …

Acht Kilometer Strand knüppelvoll mit Menschen, die bereits nach dem Frühstück mit irgendeinem alkoholischen Getränk in der Hand irgendwelche Kampftrinkerlieder abgrölen …

Symptomatisch für die „Mallefans" scheint das uniforme Auftreten: Etwa die Hälfte der leistungssaufenden Kurzurlauber sind Gruppen, die auch durch einheitliche T-Shirts auffallen. Während deren Beschriftung bei männlichen Trinkgemeinschaften zwar auch oft sexuelle Anspielungen enthält, dabei jedoch immer auch irgendwie das Saufen verherrlicht (Beispiel: „Schade, dass man Bier nicht ficken kann"), sind die Sprüche auf den T-Shirts der Frauen in der Regel eindeutiger - Beispiel: „Vögeln sollst Du dreimal täglich" … weiter unten steht dann in winziger Schrift: „… frisches Wasser geben." Oder das stereotype Damen-T-Shirt-Motto „Trübsal ist nicht alles, was man blasen kann" ….

Der Großteil der anderen Hälfte fällt durch körperliche Ähnlichkeiten auf. Der „gemeine Ballermannurlauber" männlicher Art zeichnet sich durch Kurzhaarschnitte aus (ganz kurz oder Glatze), trägt oft einen Bart in DJ Ötzi- Art, verfügt über einen labberigen, schwammigen Körper mit Bierbauchansatz und trägt Goldkettchen und oft Flecktarnkleidung. Da Haartracht, Schmuck und Kleidung vor etwa zehn Jahren einmal „In" waren, drängt sich der Gedanke auf, dass sich diese Menschen nicht wirklich weiterentwickelt haben können. Die Erscheinungen des „weiblichen Elends" sind da nicht wirklich virtuoser: Alle in Bikinis, einzig auffällig die oft hängende Unterlippe …

Egal, zu welcher Tageszeit man eines dieser Wesen irgendetwas fragt, die Antwort ist in der Regel ein heiseres „Oleee-ole-ole-oleee…", unterstützt von pseudorhythmischem Gefuchtel der noch nicht abgestorbenen Extremitäten oder ein nach Cheerleaderart von einem Gruppenmitglied krächzend vorgegebenes „Gebt mir ein F!"

Der Gruppenrest grölt mit hervorquellenden blutunterlaufenen Augen: „EEEFFF", der Vorgröler:

„Gebt mir ein I!",

die Gruppe: „IIIIII",

„Gebt mir ein C!"

„CEEEEEE",

„Gebt mir ein K!" „KAAAAA",

„Gebt mir ein E!" „EEEEEE",

„Gebt mir ein N!" „EEENNN",

„Was wollen wiiiir?!"

Gruppenantwort: „FICKEN!" ....

Erschreckend, dass man scheinbar jeweils mindestens fünf dieser Wesen braucht, um in der Summe einen IQ zu erhalten, der im Zahlenwert annähernd dem Alter des jeweils jüngsten der Gruppe entspricht.

Abends schleppt man sich in Kampftrinkerbunker wie „Oberbayern", „MegaPark", „Bierkönig" usw. und schmettert gemeinsam und von GoGos auf verschiedenen Tischen körperlich animiert, Lieder wie „Ein Stern ..." oder „Joana, Du geile Sau ..." Für mich war dieser Fünftagesausflug mit Freunden „die Höchststrafe" ... ich bin froh, wieder zuhause zu sein und werde nun versuchen, mein Ballermanntrauma zu verarbeiten, um in mein voriges Leben zurückzufinden ...

Schnäppchentag

Ich hatte heute schon in aller Herrgottsfrühe die Gnade, eine Sternstunde für Schnäppchenjäger beim Großdiscounter erleben zu dürfen. Ich habe meinen Sonnenschein zu ALDI begleitet um ihr bei Besorgungen zu helfen, die sie für ein kleines in Gelage mit ihren Arbeitskolleginnen übernommen hatte.

Das erste, was mir auffiel war, dass der riesige Parkplatz um 08:05 Uhr (also 5 Minuten nach Geschäftsöffnung) bereits fast vollständig belegt war. Das zweite war die gigantische Traube von kampfeslustig dreinschauenden Amazonen jedes Alters, die sich um irgendeinen Verkaufsstand ballte.

Einige trugen so viele Pakete auf ihren Armen weg, dass sie kaum drüber schauen konnten. Sie hatten offensichtlich aus taktischen Gründen auf das Mitführen hinderlicher Einkaufskörbe verzichtet … man ist dann schneller und beweglicher. Aus dem gleichen Grund waren wohl viele auch in Jogginganzügen angetreten … und offensichtlich ungewaschen, weil man im Kampfesgetümmel ja eh' wieder schwitzt...

Ich musste an diesem wabernden Menschenauflauf vorbei, um zur Kühltheke zu gelangen, als ich einen Bodycheck einfing, der jedem Spieler der Eishockeybundesliga zur Ehre gereicht hätte. Die kräftige Dame, die mir das Ding verpasst hatte, rammte mir nochmals einen Ellenbogen in die Rippen um an mir vorbei zukommen, schmiss dann im nächsten Gang ihren gigantischen Haufen Pakete auf den Fußboden, fetzte eine der Packungen auf, riss sich die bunte Ballonseidehose vom mächtigen Körper und zerrte eine Jogginghose aus der Verpackung, die sie dann und über ihre Beine und den graubunten Blümchenschlüpfer zog. Erst jetzt viel mir auf, dass mehrere überaus feindselig dreinblickende Frauen in dem Gang Kleidungsstücke anprobierten, der zu den Kühltheken führte. Auf mein Bitten hin übernahm meine Frau dann den Weg zur Kühltheke (manchmal bin ich eben auch feige).

Als wir schließlich glücklich und ohne weitere Blessuren an der Kasse standen, bemerkte ich einige ziemlich zerzauste Männer, die auch Packungen mit Jogginghosen und Shirts mit sich führten und mir drängte sich zwangsläufig die Vorstellung auf, ich hätte auch ein Teil aus diesem Angebot kaufen wollen. Um einer Panikattacke vorzubeugen, konzentrierte ich meine Gedanken schnellstens und mit aller Macht auf das helle Licht jenseits der Ausgangstür.

Etwa 2 Stunden nach diesem Erlebnis, hatte ich diesen eindringlichen Duftmix aus Gerüchen nach Frittenbude, Rheumasalbe, Schweiß und öffentlichem Urinal immer noch nicht aus der Nase bekommen ... und ich wollte nur noch vergessen...

Bestimmung

Über alle Lebenszeit versuchen wir
auf den Wogen zu schwimmen,
die unser Schicksal sind
und wenn wir einmal überrollt werden,
so werden wir auch wieder auftauchen ...
es ist Teil unserer Bestimmung ...

Onno

1969 jobbte ich als Papierschneider in einer größeren Buchbinderei in einer Küstenstadt an der Nordsee.

Onno war etwa Mitte dreißig und ein zierliches Kerlchen: Etwa eine Hand breit größer als eine Parkuhr (also ca. 2 cm größer als ich) und überaus hager. Geistig eher etwas tumb, war er dafür aber zuverlässig und sehr nett, eigentlich richtig lieb und er erwähnte bei jeder Gelegenheit, dass er den Kampfsport Judo betreibe.

Onno entlud LKWs von den tonnenschweren Europaletten mit bedrucktem Papier und parkte diese neben den Papierschneidemaschinen. Er holte das Abfallpapier in den eisernen Körben bei den Schneidemaschinen ab, verbrachte es zur Papierpresse, wo er es zu Ballen presste und lud diese Papierballen dann wieder auf LKWs.

Eines Morgens hörte ich, neben dem typischen Rollgeräusch seines „Steinbock" Hubwagens, Onnos helle Stimme aufs übelste Fluchen. Als ich den Kopf wandte, kam Onno gerade durch das riesige eiserne Feuerschutztor in die Schneidehalle geschlurft, wie gewohnt seinen „Steinbock" hinter sich her ziehend. Obwohl er den Kopf gesenkt hatte, sah ich die riesige Beule auf der rechten Stirnhälfte sofort. Auf meine Frage hin, wo er sich das Hörnchen denn gestoßen habe, erklärte er, dass er den niedrigen Türbalken (unter dem er ja täglich mehrmals gebückt hindurch laufen musste) in seinem „Papierpressraum" heute Morgen übersehen hatte. Das sei aber nicht weiter schlimm, ein Judoka müsse das aushalten.

Das nächste Mal sah ich ihn beim Entladen eines LKWs. Mit seinem „Steinbock" zog er die tonnenschweren Papierpaletten auf eine Hebebühne und stellte sie dort ab, um die nächste zu holen. Bei der vierten Palette lief Onno wie in Trance einfach geradeaus über den Rand der hydraulischen Bühne hinaus und fiel etwa einen Meter achtzig tief aufs Pflaster. Zum Glück hatten diese Hubwagen eine Sicherheitseinrichtung, die sie sofort abbremste, wenn man die Deichsel los ließ. Auf die Frage nach seinem Befinden antwortete Onno lakonisch, dass man als Judoka auch mal das Fallen aus größeren Höhen üben müsse - ihm ginge es gut. Da wurde mir klar, dass Onno an diesem Tag irgendwie „neben der Spur lief" und ich begann, ihn zu beobachten.

Es dauerte nicht lange, da kam Onno mit einer der letzten abgeladenen Papierpaletten durch das riesige Feuerschutztor gefahren, hatte aber wohl nicht daran gedacht, dass er die bereits hereingebrachten Paletten nur hinter dem Tor abgestellt und noch nicht zu den Schneidemaschinen zusortiert hatte. So schwang das Tor nur etwa zu einem Drittel auf, weil dahinter die zuvor hereingebrachte Palette stand. Onnos Körper schmiegte sich fast liebevoll ans glatte Eisen, als der Hubwagen ihn langsam (er bremste ja automatisch ab) und scheinbar sanft gegen das Tor drückte. Seine Atemluft wich hörbar pfeifend aus den Lungen - dann gab ihn Hubwagen wieder frei und rollte etwa einen Schritt zurück. Onno hatte seine Füße während der Hubwagenattacke geistesgegenwärtig hochgehoben, damit sie nicht unter die vorderen Räder des „Steinbocks" gerieten. Dies wurde ihm jedoch nun zum Verhängnis, weil die Füße jetzt auf dem zurückrollenden Hubwagen standen. Seine Verschwitzten Hände erzeugten ein quietschendes Geräusch an dem glatten Eisentor, als sie versuchten, das Abrutschen des Oberkörpers zu stoppen. Auf unseren Rat hin, heute besser nichts mehr anzufassen, wusste Onno kund zu tun, dass dies doch gar nichts war - für einen Judoka.

Das nächste Unglück ließ nicht lange auf sich warten. Irgendwann wurde ich auf einen Tumult im Ladehof aufmerksam und verließ die Halle, um nachzuschauen, woher das sirenenartige Geräusch kam. Ein nahezu kubisch dimensioniertes Wesen (römisches Gardemaß: Einsfuffzig hoch, so breit und auch so tief) mit ziemlich kurzen Beinen und überlangen Armen zerrte mit beiden Händen an der Arbeitskleidung eines zappelnden Onno und schaffte es zudem ihm zwischendurch schallende

Ohrfeigen zu verpassen. Körperliche „Erweiterungen" dieses Respekt einflößenden Kraftpaketes und einige seiner Bewegungsabläufe ließen den Schluss zu, dass es sich um ein Weibchen handeln musste.

Sie drosch nun dermaßen unkontrolliert auf Onno ein, dass ich regelrecht Angst um sein Leben bekam. Zwei der stärksten unter unseren Kollegen versuchten mit vereinten Kräften diese Furie von Onno herunter zu ziehen. Den ersten fegte sie einfach zur Seite. Der zweite schaffte es, sie ein wenig abzudrängen, so dass Onno wieder auf die Beine kam. Ein dritter hinzu geeilter Hilfswilliger röchelte „Mensch wehr' Dich doch, ich denke Du kannst Judo?", als er nach einem Hodentritt in die Knie ging.

Was dann geschah, kann ich exakt nicht wiedergeben, weil es einfach zu schnell ging: Das Wesen stürzte sich mit wildem Geheul wieder auf Onno, der mit dem Rücken zu mir stand. Ich war nun auch auf dem Weg um ihm beizustehen. Seltsamerweise blieb dieser kleine Kampfpanzer aber nicht bei Onno stehen sondern rauschte, irgendwie beschleunigt, scheinbar über Onno hinweg, in etwa 30 cm Höhe über Grund an mir vorbei, in den Altpapierhaufen. Dort saß Onnos Frau nun mit weit aufgerissenen Augen … und stumm.

Wie sich später herausstellte, war Angst vor ihr

die Ursache für Onnos Unkonzentriertheit an diesem Morgen. Er hatte wohl seinen Wochenlohn auf den Frühstückstisch gelegt, allerdings reduziert um den Preis für zwei Bier und zwei Korn und hatte nun befürchtet, dass seine Frau, wenn sie aus der Nachtschicht kam, den „Betrug" bemerken und ihn zur Rechenschaft ziehen würde. Und tatsächlich war sie ja zu seiner Arbeitsstelle gekommen, um ihm diesen kleinen Betrag wieder wegzunehmen.

Onno erzählte später einmal, dass dies das allererste mal gewesen sei, dass er sich gegen seine Frau gewehrt hatte - und das letzte Male, dass sie ihn geschlagen hatte…

Sehnsucht

… auch, wenn die Regentage länger dauern
und der Sonne Stunden sind wenige,
ist es uns doch gegeben,
Gedanken selbst zu lenken.

So wir diese Gabe nutzen,
um Bilder uns zu zaubern
von Gestaden unter der Sonne,
von weißen Häusern mit bunten Fenstern
und träumen vom warmen Wind
und dem Duft nach Blüten und Meer,
so wird Glut in uns entfachen
und unsre Seele wärmen.

Da wir die fremden Lieder
zu vernehmen glauben,
rhythmisch und melodisch,
aus Ländern, wo die Menschen lachen,
wird die Glut zur Flamme werden
und das Herz wird brennen
im süßen Schmerz der Sehnsucht …

Weggeworfene Zeit
wird dich später an sie erinnern …

Hexenschuss

Sporadisch, wie matte Lichtfetzen erscheint es für Sekundenbruchteile immer wieder vor meinem geistigen Auge: „Werd' wach! Steh auf, ein neuer wunderbarer Tag liegt vor Dir!" Aber nichts in Geist und Körper reagiert darauf. Letzterer liegt bleischwer und selbstgefällig in den Kissen, mein Geist hat alle Welt auf Ignorieren gesetzt. Ich versuche zumindest zu verstehen, was gerade im Radio läuft - gelingt mir auch nur für zwei, drei Sekunden … dann wieder Koma.

Nach fast einer Stunde habe ich meinen Kadaver so weit, dass er unsicheren Schrittes Bett und Schlafzimmer verlässt. Meine „bessere Hälfte" hat auch schon ein Auge geöffnet, einen winzigen Spalt breit.

Das hysterische Kreischen des Mahlwerkes im Espressoautomaten alarmiert endgültig auch das Urteilsvermögen …

Oouuhhh Mann! Aus dem Radio jammern wieder diese Trauerweiden aus Mannheim. Meine linke Hand zuckt selbstständig zum Ausschalter, meine rechte verschüttet etwas Kaffee … auf die nackten Füße! Das ist heiß! Der Restkaffe schwappt auf mein Handgelenk - Scheiße! Beim schnellen Griff zum Küchentuch stelle ich zu spät fest, dass meine gestrenge Gattin (die sich gerade gähnend aus dem

Schlafzimmer trollt) die Küchenzeile wieder umdekoriert hat und sehe gerade noch wie sich ein gläserner Pfefferstreuer, motiviert durch den Ärmel meines Morgenmantels, voller Todessehnsucht von der Arbeitsplatte stürzt.

Fluchen befreit…! Ich bücke mich, um die größten Scherben aufzuheben, als mir der Pfeffer in die Nase steigt. Ich schaffe es einfach nicht mehr rechtzeitig, mich vor dem Niesen aufzurichten und der stechende Schmerz in Höhe der Lendenwirbelsäule und in meiner linken Pobacke signalisiert mir: „Du wirst Dich vorerst gar nicht aufrichten, also sei nett zu Deinem Hexenschuss…"

Morgenluft

Morgenfrischer Lufthauch
auf meiner nackten Haut,
die noch wohlig schlafenswarm.
Ich schau' den blauen Himmel
und fühle kühlen Sand
zwischen meinen Zehen…

Du könntest jetzt sagen, ich hätte vor dem Zubettgehen duschen sollen. Doch es ist meine Fantasie, die meine Gedanken an mediterrane Gestade trägt … zu goldgelbem Strand, türkis schattierten Wassern und terrakottafarbenen Felsen … auf „meine" Insel. Es ist meine Fantasie, die mich den Tramuntana fühlen und atmen lässt, Pinien und Rosmarin riechen … und es ist das Telefon, das mich in die Realität zurückholt. Ein lieber Verwandter bedankt sich für das Exemplar meines letzten Buches … oohh Mann!

Zu allem Überfluss betritt gerade meine liebe Nachbarin im knallgelben und viel zu kleinen Kunstseidenmorgenmantel den Balkon schräg gegenüber. Mit geschlossen Augen und stolz gehobenem Dekolleté steht sie aufrecht, die warmen Strahlen der Morgensonne genießend, geschminkt wie Kleopatra in einem Monumentalfilm aus den 60ern … nur nicht ganz so anmutig. Und als sie genüsslich

den Rauch des letzten Zuges ihrer Frühstückszigarette durch die Nase bläst, knallt ein Bellen durch
die Gärten, laut wie eine Detonation und verhallt
wie Donner im Echo der umstehenden Gebäude ...

Ich sehe, wie meine grellbunte Nachbarin zusam-
menzuckt. Die Zigarette ist aus ihrer Hand verschwunden (ich weiß nicht wohin) und ihre Augen
sind geweitet, als sie über den Balkon plärrt: „Ver-
dammp, Rita ... hätt dinge Töl' de Tage, oder wat?"
(übersetzt aus dem Umgangskölsch: Verdammt,
Rita, hat Deine Hündin die Tage oder was?). Rita
antwortet mit entschuldigendem Unterton: „Änäh,
mer sin nur ä bissje spät dran." (Nein, wir sind nur
ein wenig zu spät dran) ... während sie an der Leine
des gigantischen Hirtenhundes zerrt, der (wie ich
mir einbilde) mit leicht hervortretenden Augen versucht, sein Hinterteil wieder vor Ritas Rosenbüschen
zu platzieren ...

Da meine Illusion nun endgültig „geplatzt" ist,
will ich mich auch mal auf die banalen Dinge des
Tages konzentrieren

...

Regentag

Sieh, wie der Flora Farben leuchten
im Regen, als empfände sie Freude.

Sieh die Blüten und Blätter
sich an Tropfen ergötzen.
Spüre ihren Lebenswillen
und lass Deinen mit dem ihren wachsen.

Da sich die Dunkelheit
nicht vollkommen zurückgezogen
und das Licht der Lebensspenderin
wohl über den Tag bedeckt,
lass Licht aus Deinem Herzen scheinen,
auf dass es uns erfreue und wärme.

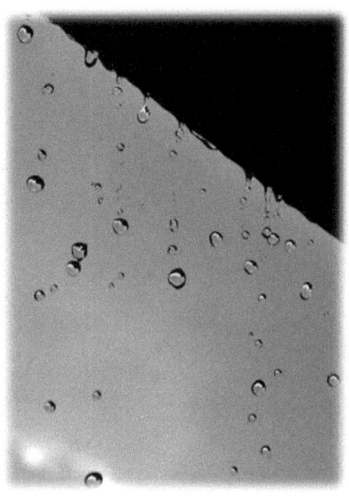

Kao

Norbert ist Österreicher und lebte 1996 mit einer Thai und zwei süßen Kindern in Ao Phra Nang, nahe Krabi in Südthailand. Er hatte ein, zwei große Bäume grob zu Abstell- und Sitzmöglichkeiten verarbeitet und nannte das Trümmerfeld „Bar".

Er und seine Familie waren überaus nett und wir machten jeden Abend nach dem Essen auf einen „Verdauer" oder „Absacker" Station bei ihnen. Jener war in der Regel ein erdfarbenes Kräutergebräu mit hohem Alkoholgehalt, das nach rostigem Eisen schmeckte und uns einfach nur in die Sicherheit geben sollte, dass alles das, was wir vorher zu uns genommen hatten, nun auch endgültig getötet würde.

Als wir uns einige Tage lang an das unglaublich scharfe aber leckere Essen gewöhnt hatten, ritt uns wohl ein Teufelchen, als wir Norbert fragten, ob er nicht ein Restaurant kenne, wo nur Einheimische verkehrten und wo man wirklich authentische Thaiküche genießen könnte. Wir, das waren 2 befreundete Pärchen, meine Frau und ich. Norbert warnte uns, dass das, was wir die letzten Tage als scharf gewürzt verstanden hätten, für einen Thai als ziemlich fad gelte. Wir wollten' s aber wissen und so brachte uns Norbert eines Abends mit seinem Auto scheinbar mitten in den Dschungel, wo er ein Menü für uns bestellt hatte.

Die lang gezogene „Bambushütte" stand auf Stelzen im Busch (wegen der Schlangen etc., erklärte uns Norbert, bevor er wieder von dannen fuhr), den wir mangels Licht Gott sei Dank nur hören aber nicht sehen konnten.

Der „Gastraum" bestand einfach aus einer überdachten Holzplattform auf der scheinbar wahllos Tische und Hocker verteilt waren. Die einheimischen Gäste, die bereits essend und plaudernd im Lokal verteilt saßen, grüßten freundlich und neugierig.

Als es ans Getränkebestellen ging, wurde ziemlich schnell klar, dass diese Menschen außer Beer und Coke kein „westliches Wort" verstanden. Obwohl wir außer den Begrüßungsfloskeln, Bitte und Danke natürlich auch kein Thai sprachen, kamen wir aber einigermaßen gut zurecht. Alsbald hatten wir unsere Getränke und es wurden farblich wundervoll arrangierte Platten mit Gemüse, Fleisch und Fisch aufgetragen.

Die ersten Bissen schmeckten würzig und überaus lecker, jedoch fragte ich mich bereits nach dem zweiten Runterschlucken, ob man die Flammen sehen könne, die mir zweifellos aus Mund, Nase und Ohren schlagen mussten. Mir fiel die starke Schweißbildung in den hochroten Gesichtern der lautstark schwer atmenden Menschen an meinem Tisch auf, als ein freundlicher Thai sich verbeugend fragte „Kao?". Wir deuteten dem lächelnden Menschen an, dass es uns fantastisch schmecke und orderten viel Beer und Coke. Er servierte die Getränke wiederum mit einem lächelnden „Kao?" und wir bestätigten erneut die Köstlichkeit der Speisen.

Uns war aufgefallen, dass kein Reis aufgetragen worden war, also versuchten wir beim nächsten von der Frage nach „Kao" begleiteten Besuch des netten Thais „Rice" zu bestellen, auch um den Zutaten etwas die Schärfe zu nehmen ... und bekamen neue Platten mit höllenscharfen Speisen.

Irgendwann hatten wir uns scheinbar doch an die unglaubliche Würze des Essens gewöhnt (oder Gaumen und Speiseröhre waren inzwischen vernarbt) und nach etwa zwei Stunden kam Norbert, um uns abzuholen. Von ihm lernten wir dann, dass die Einheimischen nicht unbedingt Reis zu den Speisen essen und dass deshalb immer gefragt würde, ob man Reis wolle... und Reis heißt „Kao"...

Wir hatten verabredet, am nächsten Morgen in aller Frühe mit den Mopeds zum Shoppen nach Krabi zu fahren, um zurück zu sein, bevor der Tag so richtig heiß würde. Dort, in Krabi, suchten wir uns ein „Café" um zu Frühstücken. Nach und nach trieb es einem nach dem anderen zu den Toiletten und was dort stattfand, blieb keinem der im Café befindlichen Menschen verborgen, da diese „Entsorgungseinrichtung" nur durch Vorhänge vom Gastraum getrennt war. Unsere lieben Freunde kamen schweißüberströmt und mit panisch erweiterten Augen zurück von den Abtritten und es war ihnen scheißegal, ob man sie gehört hatte oder nicht...

Irgendwann war ich an der Reihe ... und erlebte die reale Hölle. Ich glaube, wenn man mir die blaue Flamme eines Bunsenbrenners ans Rektum gehalten hätte, würde ich es als Kühlung empfunden haben ... das erste und bisher einzige Mal in meinem Leben habe ich beim Kacken geweint!

Allesamt fuhren wir anschließend (auf den Fußrasten der Mopeds stehend) das nächste große Kaufhaus an und kauften paarweise jeweils eine große Dose Nivea Creme ... ich wusste bis dahin nicht, wie wohltuend die sein kann...

Songkran

Mitte April 1996, Karon Beach auf Phuket in Thailand. Es war später Vormittag und wir verließen das klimatisierte Hotel um in einem nahe gelegenen Restaurant zu frühstücken.

Man muss sich mental auf den Übergang von etwa 25° kühler trockener Luft in etwa 38° heiße fast hundertprozentige Luftfeuchtigkeit vorbereiten … nach etwa 10 Schritten hat man das Gefühl, man schwitze explosionsartig und der Schweiß spritze regelrecht aus dem Körper.

So war es auch an diesem Morgen, aber nachdem wir etwa 100 Meter zurückgelegt hatten, hörte sich urplötzlich die Welt auf zu drehen. Für Sekundenbruchteile sah ich den Wasserschwall, der seitlich aus einer Tür auf uns zuraste, war aber viel zu überrascht um zu reagieren. Nun stand ich wie versteinert mit weit aufgerissenem Mund und unfähig mich zu bewegen, noch zu atmen. Ich verspürte eine hauchartige Berührung auf meinen Wangen, dann nahm ein elfengleiches Wesen mein Gesicht zwischen zwei riesige Puderquasten (so groß wie Pompons, wie sie Cheerleader haben) und piepste „Happy New Year"...

Ich weiß nicht, wie lange es gedauert hatte, bis ich mich wieder rühren konnte, jedenfalls begann es mit hyperventilationsartigem Atmen. Neben mir schnappte auch meine Frau hörbar nach Luft … und als ich sie ansah, blieb mir fast erneut das Herz stehen, sie sah grauenhaft aus: Augen und Mund weit aufgerissen, die Haare zerzaust und wie das Gesicht verklebt mit nassem Puder, das T-Shirt pappte nass am Oberkörper der noch vor Kälte zitterte...

Da fiel mir ein, dass wir noch am Vorabend gewarnt worden waren. Das Songkran hatte begonnen, das traditionelle Neujahrsfest nach dem Mondkalender. Aus dem ursprünglichen Wasch- und Puderritual haben sich in den letzten Jahrzehnten regelrechte Schlachten mit eiskaltem Wasser (das mit Eisstangen in riesigen Bottichen bereitgehalten wird) entwickelt.

Erneut geduscht und frisch gekleidet schlichen wir nun, jede „Deckung" nutzend, aus dem Hotel. Als wir die Hauptstraße erreicht hatten, bot sich uns ein skurriles Bild: Die Menschen waren bis an die Zähne „bewaffnet" mit gigantischen Wasserpistolen und -Gewehren, mit deren Strahl man einem 10 Meter entfernten sicher die Zigaretten aus dem Mund spritzen konnte und in allen Türen und Eingängen, auf den Bürgersteigen vor jedem Geschäft, Supermarkt etc. standen riesige Bottiche mit Eiswasser...

Autos konnten nur mit geschlossenen Fenstern und verriegelten Türen überstehen. Auf der gegenüberliegenden Straßenseite konzentrierte sich gerade alles auf den im Schritttempo vorbeifahrenden Thailandtypischen Bus. Die Menschen kippten Unmengen des Wassers in den offenen farbenprächtigen Fahrgastraum. Man sah, wie einige der Fahrgäste den Halt verloren und sich festklammerten, um nicht aus dem Fahrzeug gespült zu werden.

Diese Gaudi ließ uns nahezu unbemerkt vorankommen und wir waren noch etwa 20 Meter vom Restaurant entfernt, als ich durch ein leises Knirschen den riesigen Pickup unmittelbar neben mir vernahm. Als ich aufblickte, war es bereits zu spät. Der kleine „grinsende Drecksack" (scherzhaft gemeint) hinterm Steuer hatte wohl den Motor abgestellt und war so fast lautlos an uns heran gerollt. Die Sintflut, die sich von seiner Ladefläche auf uns herab ergoss, holte uns fast von den Beinen … und erneut hatte ich das Gefühl, dass alles still stand … auch mein Herz. Wieder waren wir unfähig, uns zu bewegen und wieder nutzte das eine zierliche Thai um uns ein Küsschen auf die Wange zu hauchen, uns kräftig einzupudern und „Happy New Year" zu wünschen. Dieses Mal waren wir nass bis in die Unterwäsche und da einige Thais unsere Starre ausnutzten um noch den einen oder anderen Liter Eiswasser nachzukippen und weggespülten Puder zu erneuern, dauerte es eine ganze Weile, bis wir endlich zähneklappernd das Restaurant erreichten…

Auf Anraten des Hotelpersonals hatten wir (in mehrere Plastiktüten gehüllt) Handtücher und frische Kleidung mitgenommen, um nicht klatschnass in den klimatisierten Gasträumen sitzen zu müssen. Das Restaurantpersonal begrüßte uns mit einem freundlichen „Happy New Year", wies uns zu einer Hintertür, die in einen kleinen Hof führte, und bedeutete uns, dass wir uns dort umziehen könnten. Als wir den Hof betraten, wurde uns ohne Ankündigung der Puder aus dem Gesicht gewaschen … mit einem Schwall Eiswasser aus einem 10-Liter-Eimer und begleitet von einem fröhlichen „Happy New Year"…

Das Songkran dauert in der Regel 3 Tage, regional auch mal etwas länger…

Monsungewitter

Der Himmel hatte sich plötzlich verdunkelt. Ich öffnete die Augen und gewahrte das nahezu schwarze Blau im Zenit über mir. Die ehemals weißen Wolkentürme über dem Horizont hatten sich vor die Sonne geschoben. Darunter war Finsternis … und aus ihr kroch das Böse. Es hatte die Form dreier gigantischer Schiffsrümpfe. Braunschwarz, zerklüftet, verwittert, glitten sie in scheinbar geringer Höhe auf uns zu. Von ihren Decks quollen gewaltige dichte Wolken bedrohlich in große Höhen, grauschwarz und schwefelgelb wie alles erstickender todbringender Rauch. Blitze zuckten zur Erde, begleitet von ohrenbetäubendem Donner.

Ich versuchte unsere Chancen abzuschätzen, Schutz zu finden, bevor uns die zerstörerische Armada erreichte. Es gab nur zwei Möglichkeiten: Etwa dreihundert Meter am Strand entlang, bis zur nächsten wackligen „Strandbar" (die wahrscheinlich in wenigen Minuten nicht mehr existieren würde) oder etwa hundert Meter durch relativ dichten Dschungel. Dort hätten wir dann unsere sichere Bungalowanlage erreicht. Während wir eiligst T-Shirts und Bermudas anzogen, entschieden wir uns für den kurzen Weg durch den Dschungel.

Wir waren etwa zwanzig Meter ins Dickicht eingedrungen, als die Hölle losbrach. Die Palmwipfel über uns zuckten und wanden sich, als versuchte eine unsichtbare Hand die Bäume auszureißen. Zwischen ihnen vielen Regentropfen hindurch, jeder einzelne scheinbar so groß, dass er einen Zehnlitereimer überfüllt hätte. Mit ohrenbetäubendem Heulen setzte heftiger Sturm ein. Zu diesem Zeitpunkt wünschte ich mir, meine Augen wie ein Chamäleon unabhängig voneinander bewegen zu können, denn eines brauchte man um darauf achten zu können, worauf man trat und was vor einem lag, während man gleichzeitig den Kokosnüssen, Ästen und riesigen schweren Palmwedeln ausweichen musste, die von oben auf uns herab fielen. Wir hetzten Haken schlagend durch den dichten Wald, während uns unbekannte Pflanzen das Gesicht peitschten und Striemen auf den nackten Armen und Beinen hinterließen. Wer einmal das satte „Pfloff" direkt neben sich vernommen hat, das eine Kokosnuss verursacht, die gerade aus großer Höhe herab gefallen ist, wird wissen, warum ich während des Laufens in der nassen Hitze Gänsehaut hatte.

Völlig außer Atem erreichten wir unseren Bungalow, glücklich, nicht ernsthaft verletzt worden zu sein. Nun brach das Gewitter mit all seiner Macht über uns herein. Prustend eilten meine Frau und ich unmittelbar ins Badezimmer, um uns der nassen Kleidung zu entledigen … und waren schauerlich überrascht über das, was alles auf und unter unserer

Kleidung Schutz gesucht hatte! Meine Kleine stand mit weit aufgerissenen Augen und ohne zu atmen so lange unbeweglich unter der Dusche, bis ich ihr hoch und heilig versichern konnte, dass sie absolut sauber war. Als auch ich mich gereinigt hatte, war das Heulen, Donnern und Prasseln sanftem Geplätscher gewichen, das von den tropfenden Büschen und Bäumen kam.

Durch die Fenster drangen unwirkliche Farben, draußen war die Welt violett und purpurn. Während ich fasziniert ins Freie trat, verkroch sich das Getier, das auf unserer Terrasse Schutz gesucht hatte, wieder in die nahe Flora und die Himmelsfarbe wechselte langsam in Zinnober, mischte sich mit Orange und dunklem Gelb. Als sich das feurige Firmament in dem, mit bunten Orchideen gerahmten Teich vor unserem Bungalow spiegelte, stiegen Tränen in meine Augen. So etwas Wundervolles hatte ich bisher noch nicht gesehen. Das Paradies Ao Phra Nang in Südthailand war zum Himmel aufgestiegen ... ich hatte das Gefühl niederknien zu müssen, in Ehrfurcht vor diesem Anblick, der zunehmend vom Duft nach Jasmin- und Orchideenblüten untermalt wurde.

Einzig meine geliebte Gattin schien diesen magischen Moment nicht wirklich genießen zu können. Dass sie stetig ängstlich um sich blickte sagte mir, dass sie das Getier auf ihrer Haut noch immer irgendwie im Hinterkopf hatte...

Es war mittlerweile dunkel geworden, wir saßen mit unseren Freunden in einem nicht überdachten Restaurant und hatten gegessen. Die Gespräche drehten sich um das nachmittägliche Abenteuer und wir rissen Witze über das Ungeziefer, das uns als Unwetterschutz missbraucht hatte, als ich ein klatschendes Geräusch vernahm. Gleichzeitig machte der Oberkörper meiner Frau einen winzigen Ruck nach vorne, dass man meinen konnte, irgendwer habe ihr freundschaftlich auf die Schulter geklopft. Ich sah die Panik im Blick meiner Süßen als sie heiser und kaum vernehmbar flehte: „Da ist was auf meinem Rücken ... mach es weg ... bitte...". Ich lehnte mich nach hinten und sah einen bizarr gestalteten Käfer auf ihrer weißen Bluse sitzen. Er hatte in etwa die Ausmaße einer kleinen Colaflasche, so 15 Zentimeter lang und 5 Zentimeter Durchmesser und war so hässlich, dass ich in einem kurzen Moment des Entsetzens mit dem Gedanken spielte, meinen Stuhl auf dem Rücken meiner Frau zu zerschmettern um das Insekt zu töten. Ich verwarf diesen Gedanken aber sofort wieder, nahm all meinen Mut zusammen und umgriff das Tierchen beherzt in seiner Mitte, um es zu entfernen. Als es eine Art Fauchen von sich gab, bekam ich Gänsehaut … aber da musste ich jetzt durch. Tatsächlich gab der Käfer meinem Ziehen nach und ließ die Bluse meiner Frau los. Weil sie das kleine zappelnde Monster nicht sehen sollte, holte ich weit aus und schmiss es in die Luft, so hoch ich konnte, in der Hoffnung, es würde da oben seine Flügel entfalten und in die Nacht entschwinden.

Dieser Wunsch erfüllte sich jedoch nicht so ganz: Der Käfer schaffte es zwar, seine Flügel zu entfalten, nicht aber, aktiv zu fliegen und so landete er relativ sanft auf einem der Nachbartische, wo ein mittel altes amerikanisches Pärchen gerade ein opulentes Mahl genoss. Was dann folgte war überwältigend: Die Amerikanerin sprang schreiend auf und erschreckte den Mann an ihrer Seite wohl zusätzlich so sehr, dass er mit unkontrolliertem Zucken samt Stuhl nach hinten umkippte. Unsere direkte Nachbarschaft, die meine heldenhafte Rettungstat mit zum Teil ungläubigen Augen mitverfolgt hatte schrie jetzt auch und meine Frau begriff, was ihr da auf dem Rücken gesessen hatte und begann zu hyperventilieren. Als dann gar die weiblich Thais schreiend auf Stühlen standen (ich war mir ziemlich sicher, dass einige nicht einmal wussten worum es ging) gelang es dem deutschen Restaurantchef, im allerletzten Augenblick, eine Panik zu verhindern. Er nahm das kleine Untier und warf es in die Büsche während er erklärte, dass dieser Käfer absolut harmlos sei und dem Aberglauben mancher Bergvölker nach, schwangeren Frauen gar Glück brächte.

Alle schienen beruhigt, mit Ausnahme von Pon, der thailändischen Frau des Restaurantchefs, die nach wie vor bebend auf einem Stuhl neben uns stehen blieb und auf den fragenden Blick ihres Mannes hin, auf den Boden vor sich deutete und irgendetwas in zitterndem Thai sprach. Sofort waren wieder alle weiblichen Thais auf den Stühlen und „schnatterten" panisch schrill durcheinander.

Auf dem Boden vor Pon lag still ein dunkelbraunes Geschöpf, das auf mich wie ein Regenwurm wirkte. Höchstens 10 Zentimeter lang und vielleicht einen halben Zentimeter dick. Alles, was ich verstand war „Snake" und „very dangerous", ich konnte es jedoch nicht wirklich glauben. Pons deutscher Ehemann warf ärgerlich ein, dass die Mädels aus dem Norden Angst vor allem und jedem hätten.

Da man nicht auf Anhieb erkennen konnte, wo der Kopf und wo an welchem Ende der Schwanz war, stieß ich diesen Wurm mit dem Fingernagel an, weil ich mir sicher war, dass das Tierchen da nicht reinbeißen konnte. Tatsächlich begann es, sich wie eine Schlange zu bewegen, als neben mir auf der Straße Reifen quietschten. Ein junger Europäer sprang von einem Moped beugte sich über das Wesen und schwärmte mit glänzenden Augen in italienischem Englisch, dass es sich hier wohl um eine sehr junges Exemplar einer giftigen Mangrovennatter handelte. Der junge Mann bat darum, dass wir das Tier bitte nicht entwischen lassen sollten, war nach etwa zwei Minuten mit einer Schaufel zurück, lud die kleine Schlange darauf, murmelte etwas von einem Terrarium und war im gleichen Moment in der Nacht verschwunden. Die zitternden Thaimädchen kamen nur zögerlich wieder von den Stühlen herab.

Als tags darauf am Strand eine grüne Schlange unter einem Liegestuhl gesehen wurde und einige Thais das Tier theatralisch jagten (begleitet vom hysterischen Geschrei einer jungen Italienerin mit Schlangenphobie), war meine Frau für die restliche Dauer unseres Urlaubes nicht mehr wirklich locker … nur wegen eines einzigen Monsungewitters…

Regenbogenflieger

Ich fliege in einem Regenbogen und der Wind ist warm auf meiner Haut. Tiefe Stille…

Ich bin unendlich leicht und unter mir erstrahlt die Welt in wundervollsten Schattierungen. Eine einzelne Rose, unwirklich zart und von unbeschreibbarem Rot scheint mir zu winken und ein feenhaft anmutender Vogel begleitet mich für kurze Zeit. Er hat große zauberhafte Augen in welchen Güte und Zuneigung glänzen…

Ich lasse mich höher und höher treiben, bis zu jener Korona, in der sich Farben des Regenbogens vereinen zu einem hellen weißen Licht.

Als ich das Zentrum allen Wohlgefühls erreicht habe, spricht eine sonore Stimme: „Es ist sechs Uhr, Radio Köln mit den Nachrichten…" – SHIT!

Kos

Manchmal verläuft ein Urlaub eben anders…

Wegen ausgedehnter Streiks gingen Anfang Mai 1992 von vielen Flughäfen Deutschlands tagelang keine Flüge ab. Fluggäste aus Nordrheinwestfalen wurden in der Regel mit Bussen ins benachbarte Ausland (Holland, Belgien, Luxemburg) gebracht.

Wir wollten am 6. Mai 1992 frühmorgens von Köln/ Bonn auf die griechische Insel Kos fliegen und hatten uns auf Bitten der Fluggesellschaft bereits um 04:00 Uhr morgens am Flughafen eingefunden, da die Flugumleitungen kurzfristig festgelegt werden sollten.

Bis 06:00 Uhr tat sich gar nichts … dann erschien eine übernächtigte Livrierte und krächzte rasselnd durch ein Megaphon (Lautsprecherdurchsagen gab es nicht, da die Techniker des Flughafens ja streikten), dass die Passagiere unseres Fluges auf zwei Busse aufgeteilt würden: Der erste Bus ginge nach Frankfurt, der zweite nach Hamburg.

Nun gehöre ich zu jenen Menschen, für die der Urlaub beginnt, die relaxt sind, sobald sie den Flughafen betreten. Mein kleiner Sonnenschein ist eher gegensätzlich. Zum einen hat sie Angst vorm Fliegen, zum anderen geht ihr das ganze Reisedrumunddran ziemlich auf den Senkel. Trotzdem konnte ich sie überzeugen: „Lass die Älteren und die mit den quengeligen Kindern doch nach Frankfurt fahren. Wir haben Zeit, wir fahren nach Hamburg."

Der Bus nach Frankfurt musste sein Ziel schon fast erreicht haben, als unserer „einflog". Dieweil sich die Türen öffneten und die Fahrerin erschien (hohlwangig, die tief in den Höhlen liegende Augäpfel gerahmt von scheinbar vertrockneten tiefgrauen bis mattschwarzen Tränensäcken) bekam meine Frau diesen angespannten Gesichtsausdruck...

Nachdem sie eine Thermoskanne Kaffees scheinbar auf Ex geleert hatte erklärte die Buspilotin, dass sie schon fast die ganze Nacht unterwegs und der Trip nach Hamburg nun ihr letzter sei. Während sie sprach, zuckte ihr linkes Augenlied unentwegt. Die Miene meiner Frau möchte ich zu diesem Zeitpunkt mit „besonders konzentriert" umschreiben.

Ich erwachte, als das Gefährt eine Raststätte anfuhr. Aus den Augenwinkeln sah ich, dass meine Frau die Busfahrerin immer noch aufmerksam beobachtete. Jene gab nun bekannt, dass sie dringend Essen und Kaffee brauchte, weil sie sonst „vom Sitz kippe". Die der Pause folgende Niedersachsenrallye veranlasste (vor allem in Anbetracht der vorangegangenen Äußerungen der Busfahrerin) bei meiner Frau und einigen anderen Passagieren jene verkrampfte Sitzweise, wie man sie von angststarren Menschen auf Roller Coastern und Achterbahnen kennt. Als der Bus am frühen Nachmittag endlich in den Terminal Hamburg-Fuhlsbüttel bügelte und mit einem satten Wippen zum Stehen kam, ließ meine Frau hörbar Luft ab: „So was muss ich wirklich nicht noch mal haben!".

Nun betrat ein verängstigtes junges Mädel in der Uniform einer Flugbegleiterin der Lufthansa den Bus und gestand unsicher: „Liebe Fluggäste, leider wird von Hamburg heute kein Flug nach Kos mehr stattfinden. Wer möchte, kann seinen Flug nun kostenlos stornieren. Alle Gäste die weiterreisen möchten, bekommen nun Verzehrgutscheine und werden in etwa 2 Stunden mit einem Bus nach Berlin-Schönefeld gebracht."

An ihren mahlenden Wangenknochen konnte ich erkennen, dass meine Frau gerne jenem Pulk angehören würde, der die kleine Stewardess nun bedrängte (kurzfristig hatte ich die Befürchtung, man wolle sie erhängen). Bevor ich mich der Gefahr aussetzte, bei meiner wütenden Gattin in Ungnade zu fallen, wandte ich mich lieber beschwichtigend an den Pöbel und konnte ihm verständlich machen, dass die Kleine ja nichts dafür konnte und vermutlich nur eine Auszubildende war, die ja meist die Arschkarte haben und solche unangenehmen Dinge erledigen müssten. Ihren dankbaren Blick habe ich lange nicht vergessen, zumal er begleitet war von dem wütenden Zischen neben mir: „Ich steige heute in keinen Bus mehr. Ich nehm' mir ein Taxi und fahr' zu meiner Schwester und morgen mit dem Zug nach Hause!" (Anmerkung: Die Schwester meiner Frau wohnt in Hamburg).

Ich weiß heute nicht mehr, wie ich es geschafft hatte, meine überaus ungehaltene Gattin doch noch zu überreden (ich war ja in ihren Augen schuld an dem Desaster, weil ich in meiner grenzenlosen Gutmütigkeit auf den Bus nach Frankfurt verzichtet hatte). Am frühen Abend fuhren wir (ein verbliebenes Häuflein hoffnungsvoller Reisender mit neuem Bus und Fahrer) im absolut überfüllten Flughafen Schönefeld ein.

Da nirgendwo ein geschriebener Hinweis auf einen Flug nach Kos zu sehen war, fingen wir uns die nächste vorbeirauschende Lufthansalivree ein und fragten ihren Inhalt um Rat. „Stellen sie sich bitte beim Check-In für Zürich mit an!" Sprachs und war in der Menge verschwunden.

Tatsächlich checkte man uns am Zürich-Schalter für Kos ein. Irgendetwas in mir wollte sagen: „Verabschiede Dich von Deinem Gepäck, Du wirst es nie wieder sehen." Aber ich hatte ja Urlaub und wollte solch negative Gedanken gar nicht erst aufkommen lassen: Positiv denken, das Leben ist zu kurz für ein langes Gesicht. Das einzige, was mich noch störte, war das umfangreiche Handgepäck (ging damals noch), das ich schleppen musste: Gummibärchen, Schokolade, Kaffee, deutsches Bier (Kölsch) etc. für die Reiseleitung auf Kos (meine Frau arbeitete damals für einen großen Reiseveranstalter und fragte die Kolleginnen an unseren Urlaubszielen immer, was sie ihnen aus Deutschland mitbringen solle).

Gegen 20:00 Uhr plärrte irgendein Megaphon, eine Gate-Nummer und irgendetwas von Kos. Also luden wir uns den mitgeführten Tante-Emma-Laden auf und schleppten uns zum Gate mit der Nummer, die wir vermeintlich gehört hatten. Dort angekommen mussten wir zur Kenntnis nehmen, dass dieser Flieger zwar nach Kos flog, aber schon ausgebucht war und man erbat sich von uns noch etwas Geduld (Flugnummern etc. auf Tickets und Bordkarten galten nicht mehr, es wurde improvisiert)… meine Frau war jetzt zu erschöpft um mir vorzuwerfen, dass wir nicht in Hamburg geblieben waren.

Eine gute Stunde später wurde erneut ein Flug nach Kos aufgerufen … und diesmal waren wir dabei!

Da gestreikt wurde, fuhr auch kein Bus dorthin, wo unser Flugzeug stand und so schleppten wir das Warenlager für die Kolleginnen meiner Frau etwa anderthalb Kilometer hinter der Flugbegleiterin mit dem Kos-Schild her über das Rollbahnsystem in Schönefeld.

Als wir am Flieger ankamen riss mich der entsetzte Aufschrei meiner Frau „Das glaub' ich doch nicht!" aus der Trance, die man erfährt, wenn man eine gewisse Leistungsschwelle überschritten hat. Ich sah ein Flugzeug irgendeiner Charterfluggesellschaft, deren Namen ich noch nie gehört oder gelesen hatte, von verschiedenen Fluggesellschaften bunt zusammengewürfeltes Kabinenpersonal und einen öläugigen Orientalen in prächtiger Kapitänsuniform, der, zwar mit einigem Abstand, aber immerhin Zigarre rauchend das Auftanken überwachte… Wir betraten den Flieger erst, als das Tanken beendet war und Omar Sharif seine Zigarre gelöscht hatte.

Die Durchsage des Kabinenpersonals vor dem Start, dass bis zur Landung keinerlei Service stattfinden werde, nahm ich nicht wirklich zur Kenntnis … und ich war eingeschlafen, kurz nachdem wir abgehoben hatten … schließlich hatte ich Urlaub und war relaxt…

Ich mag wenige Minuten geschlafen haben, als ich von einer Flugbegleiterin unsanft geweckt wurde: „Bitte schnallen sie sich an und stellen sie ihre Lehne aufrecht, wir erwarten heftige Turbulenzen!". Dann ging die Post ab: Achterbahn pur, meine Frau hatte sich mit den Fingernägeln beider Hände in meinem Arm verkrallt und ringsherum begannen die Menschen nach und nach ihre Mageninhalte in weiße Tüten zu brüllen. Das ging etwa 3 Stunden so … dann landeten wir auf Kos…

Wir hatten tatsächlich all unser Gepäck erhalten, waren von der Reiseleitung für die Mitbringsel, die wir ihr in strömendem Regen übergeben hatten, mit vielen feuchten Bussis bedacht worden und saßen nun zusammengesunken im zugewiesenen Bus. Dass sich einige wieder übergeben mussten, war uns egal … wir fielen auf der Stelle in tiefen Schlaf.

Ich weiß nicht, was mich geweckt hatte. Im Bus war es absolut still und dunkel und als ich den ebenfalls erwachten kleinen Sonnenschein neben mir fragte, wie es ihr gehe, erschrak der Busfahrer so heftig, dass er um ein Haar in den Graben gefahren wäre. Der Mann hatte uns einfach vergessen! Als wir ihm das Hotel nannten, das wir gebucht hatten, wendete er fluchend den Bus und musste etwa eine halbe Stunde zurück fahren um uns dort hin zu bringen.

Auf den zugewiesenen Zimmern angekommen (es war mittlerweile fast drei Uhr morgens), warfen wir Gepäck und Kleidung weit von uns, krochen in die Betten und flogen mit Nachbrenner ins Nirwana.

Ich erwachte wohl durch die Helligkeit in unserem Zimmer. Während mir die Umstände der Anreise wieder bewusst wurden, schaute ich auf die Uhr: 12:30. Meine Begeisterung kannte keine Grenzen, als ich mich im Zimmer umschaute … ich war so angetan, dass ich auf der Stelle nach dem Camcorder griff um diesen Eindruck für die Ewigkeit festzuhalten. Ich filmte jedes Detail im Raum und das kleine süße Schnäuzchen meiner Frau, dass sie immer zieht, kurz bevor sie erwacht. Ich hatte Urlaub, ich war relaxt, ich war glücklich und ging mit laufender Kamera auf den Balkon zu um die Aussicht zu filmen, riss den Vorhang zur Seite und sah, soweit das Auge reichte … Baustelle … eine halbfertige Bungalowanlage…

Darüber wollten wir mit dem Hotelmanager aber erst *nach* dem Frühstück reden!

Nachdem wir ausgiebig geduscht und uns sommerlich gekleidet hatten, steuerten wir das kleine Poolrestaurant an. Da die Frühstückszeit ja vorbei war, bestellten wir Kaffee und Souvlaki mit Salat. Es zischte und pfiff hinter dem chromblitzenden Tresen und nach wenigen Augenblicken war der Kellner zurück mit zwei dampfenden Tabletts. Auf beiden befanden sich jeweils eine leere Tasse, ein Kännchen mit heißem Wasser und …. zwei Beutel Nescafé!

Ich sah, dass meine Frau ziemlich betroffen dreinblickte, konnte sie aber beschwichtigen. Nachdem wir die kleinen trockenen Fleischspieße 'runtergewürgt hatten, wandten wir uns der riesigen Glasfront zu, hinter der ein wunderhübsches aber absolut leeres Poolgelände lockte. Als wir etwa einen Meter ins Freie zurückgelegt hatten, erstarrten wir beide gleichzeitig ... es war saukalt ... und ein eisiger Wind blies...

Wir hatten es geschafft, uns ins Gebäudeinnere zurückzuziehen bevor wir erfroren waren. Ein Hotelgast sah uns mitleidig an und sprach tröstend: „Ist doch schon wieder warm, heute, 9 Grad! Die ganze letzte Woche haben wir hier in Trainingsanzügen und mit dicken Decken geschlafen!" Die Betroffenheit meiner gestrengen Gattin hatte sich vorübergehend in Fassungslosigkeit gewandelt, ihre nun deutlich sichtbar werdende Wangenmuskulatur signalisierte mir jedoch, dass nun der ideale Augenblick für ein Zimmerwechselgespräch mit dem Hotelmanager gekommen war. Dieser war ob der sehr direkten und resoluten Art meiner Frau und in Anbetracht des Bewusstseins, dass Sie ja als Mitarbeiterin eines großen Reiseveranstalters und als VIP avisiert war, sehr zuvorkommend (ich meinte gar, auch ein wenig Angst in seinen Augen gesehen zu haben). Er versicherte uns, dass wir das schönste und ruhigste Zimmer des Hotels hatten, dass auf der Baustelle davor den ganzen Sommer über nicht gearbeitet würde und dass wir, sollten wir trotzdem umziehen wollen, jederzeit ein anderes Zimmer bekommen könnten. So beruhigt beschlossen wir, uns etwas Wärmeres anzuziehen und den (laut Katalog) „feinen Sand-/Kiesstrand" direkt hinter dem Hotel zu begutachten. Was wir fanden, war eine wilde zerklüftete Geröllküste, links und rechts begrenzt von Stacheldrahtzäunen und Geschützbunkern. Der Sand, so erklärte man uns, würde erst zum eigentlichen Saisonbeginn im Juni aufgeschüttet (dann wäre auch der obligatorische eiskalte Nordwind vergangen) und an die militärischen Stellungen überall entlang der Küste müsse man sich gewöhnen, schließlich sei die Türkei nicht weit...

Es kostete mich den Rest des Tages, meine Frau davon zu überzeugen, dass man sich den Urlaub auch dadurch verschönen kann, dass man sich den unabänderlichen Gegebenheiten anpasst und der darin verborgene Positiv sucht und genießt. Letzteres würden wir versuchen in den folgenden Tagen aufzuspüren.

Nach dem überaus köstlichen Abendessen beschlossen wir, die kalte und nüchterne Hotelbar zu ignorieren und außerhalb ein gemütliches Plätzchen für einen Absacker zu suchen. Auch hier mussten wir nun lernen, uns mit dem Gegebenen zu arrangieren: Die nächste Taverne war (wie auch der nächste Ort) etwa 5 km entfernt. Dafür gab es vor dem Hotel auf der anderen Straßenseite eine kleine Obstplantage, in der ein junger Grieche zusammen mit seiner Lebensgefährtin, einer Schweizerin, einen kleinen Gastraum betrieb, in welchem wir dann allabendlich selbst gemachte alkoholische und nichtalkoholische Fruchtsäfte und -Cocktails genossen.

Am nächsten Morgen beschlossen wir, die weitere Umgebung des Hotels zu erkunden. So etwas tun wir in der Regel mit dem Fahrrad. Nach dem wir uns im hoteleigenen Fahrradverleih mit Torpedo 3-Gang-gepimpten Hollandrädern ausgestattet hatten, erinnerten wir uns an die nette ältere Dame, die im Flugzeug neben uns gesessen und uns erzählt hatte, dass sie seit 30 Jahren hier her flöge. Nachdem wir ihre Frage nach dem Hotel, in dem wir wohnen würden beantwortet hatten, hatte sie uns von einer wundervollen Therme ganz in dessen Nähe vorgeschwärmt. Ihre Wegbeschreibung noch im Kopf schwangen wir uns auf die altersschwachen Drahtesel und radelten los.

Nachdem wir etwa eine halbe Stunde mal mehr, mal weniger steil bergauf gestrampelt waren und meine Frau bereits jegliche Lust am Radfahren verloren hatte, erblickte ich, kurz bevor mir die Zunge in die Kette geriet, in einiger Entfernung ein Schotterfeld, auf dem ein paar Autos abgestellt waren. Mein kleiner Sonnenschein folgte mir apathisch dort hin. Angekommen, stellte sich der von weitem sichtbare Schrotthaufen als Fahrradständer heraus. Neben ihm stand ein pfeilförmiges Hinweisschild mit einer verwitterten Aufschrift, die tatsächlich einmal „Therma" oder so ähnlich gelautet haben könnte.

Also stellten wir unsere Räder ab und folgten der Richtungsangabe des Pfeils. Wir kamen so zu einem kleinen Steig, dem wir niemals gefolgt wären, hätten wir ihn gekannt! Ich weiß bis heute nicht, wie wir den Abstieg an der Steilküste ohne Seil und sonstige Kletterausrüstung überlebt haben.

Irgendwann waren wir vor Anstrengung zitternd unten angekommen. Rechts steil aufragend die Felswand, links offenes Meer und vor uns ein schmaler Schotterpfad der sich nach etwa 50 Metern zu einem riesigen Felsendom weitete. In dessen tiefster Stelle schmiegte sich eine kleine Bretterbude an den Fels. Auf einem der Bretter stand „Taverna". Am Ende des Überhanges, dort wo die Wand scheinbar ins Meer ragte, war ein schräg nach unten zeigender Pfeil auf den Fels gemalt und dort stand eine Menschentraube. Die Neugier trieb uns dorthin und ich habe bis heute keine Worte gefunden, mit der man die Enttäuschung beschreiben kann, die uns übermannte als wir die „Therma" erreicht hatten: Ein etwa dreißig Zentimeter breites und zwei bis drei

Zentimeter tiefes Rinnsal, das aus dem Fels entsprang und nach etwa anderthalb Metern im Meer verschwand … betreten von etwa 40 Füßen die wohl ein Gesamtalter von ca. 1.200 Jahren repräsentierten (diese Annahme wurde vom dort vorherrschenden Geruch durchaus unterstrichen).

Als wir nach einer weiteren halben Stunde über einen etwas ungefährlicheren Aufstieg unsere Räder wieder erreicht hatten, waren wir unendlich frustriert. Die Rückfahrt zum Hotel ging sehr flott von statten, schließlich ging's nur bergab.

Am Hotel angekommen, tauschten wir die Fahrräder umgehend gegen Motorroller.

Neuer Tag, neues Glück…

Der Beschreibung des Hotelpersonals folgend, mussten wir durch Kos Stadt hindurch auf die andere Seite des Ortes fahren, um annehmbare Sandstrände zu finden. Die Durchgangsstraße durch Kos Stadt war eine einzige Baustelle und sie war unvermeidbar, also nicht zu umfahren. Fuhr man vormittags durch die Stadt, waren die Reparaturstellen der Straße sandig und staubig. Da jedes dritte überholende Fahrzeug ein LKW war und eine dichte Staubwolke hinter sich her zog, glichen wir jedes Mal alten Mehlsäcken, wenn wir endlich den Strand erreicht hatten. An manchen Tagen, war der kalte Wind so stark, dass es auch an windgeschützten Stellen unmöglich war sich auszuziehen, ohne sich den Hintern abzufrieren. Traten wir nachmittags den Rückweg an, war der Asphalt der Baustellenabschnitte aufgeweicht und jedes überholende Fahrzeug erzeugte Teerspritzer. Ich möchte gar nicht beschreiben wie wir aussahen, wenn wir ins Hotel zurückkehrten. Als sich am vierten Tag abzeichnete, dass die Baustellen bis zu unserem Urlaubende wohl keinerlei Fortschritt erfahren würden, tauschten wir die Motorroller gegen ein Auto.

Strandbesuche wurden wegen der Zunahme der Windstärke unmöglich, die schönen Teile der Insel hatten wir alle nach einigen Tagen mehrfach abgefahren und mit meinem Faible für die Antike konnte ich meine Frau nicht mehr im Geringsten motivieren. Als wir gegen Mitte der zweiten Woche wieder einmal bei unserem allabendlichen Obstsaftcocktail saßen, zeigte meine Kleine erste Anzeichen von Schwermut: Sie blickte stumpfsinnig in ihr Glas und murmelte „Ich kann keine Steine mehr sehen…“. Ich brachte von da an einfach nicht mehr den Mut auf, sie zu bitten, nochmals mit mir das Asklepieion zu besuchen, um ein Weilchen auf Hippokrates' Spuren zu wandeln. Ich musste damit rechnen, dass der Aufenthalt in einer Voliere aus fliegenden Tischen und Stühlen wohl überaus wohltuend wirken könnte, in Vergleich zu dem, was ich dann wahrscheinlich erleben würde …

Also verbrachten wir die letzten Tage mit Lesen und Faulenzen.

Als die Rückreise anstand, war der Streik in Deutschland Gott sei Dank beendet und wir landeten pünktlich in Köln/Bonn, quasi vor unserer Haustüre. Unsere beiden Koffer lagen recht schnell auf dem Band, die Reisetasche ließ aber auf sich warten … bis niemand außer uns mehr wartete und das Kofferband schließlich still stand.

Auf dem Weg zum Schalter für die Gepäckreklamationen mussten wir durch den Zoll. Wohl weil wir so spät nach allen anderen vom Band kamen, fragte uns ein Zöllner, ob wir etwas anzumelden hätten. Als wir verneinten, führte man uns in einen Nebenraum und bat uns die Koffer zu öffnen.

Nachdem der erste Koffer erfolglos durchsucht worden war stieß der Beamte im zweiten gleich oben auf die staubigen und teerbespritzten Sachen, die wir auf unseren Rollertouren getragen hatten und fragte uns mitleidig, ob wir Urlaub mit einer Straßenbaukolonne gemacht hätten. Während ich lächeln musste, ließ ihn das Gesicht meiner Frau auf der Stelle verstummen, die Durchsuchung abbrechen und uns einen guten Heimweg wünschen.

Ich bin mir sicher, dass die sehr bestimmte Art und Weise, mit der meine Süße der Dame am Gepäckreklamationsschalter dann die Wichtigkeit des Inhaltes unserer vermissten Reisetasche erläutert hatte, mit Ursache dafür war, dass uns das abhanden gekommene Stück bereits am nächsten Tag nach Hause geliefert wurde...

Manchmal verläuft ein Urlaub eben anders...

Wenn du dich trotz allem klein,
nutzlos, beleidigt und
depressiv fühlst, denk' daran:
Du warst einmal das schnellste
und erfolgreichste Spermium Deiner Gruppe!

(unbekannter Autor)

Timanfaya

(Lanzarote)

Zu Anbeginn war nur das Feuer.
Es formte das Fundament
für alles Leben.
Und alsbald zog es sich zurück
in die Tiefe
um zu wachen über das Gedeihen.

Doch zuweilen wird es aufsteigen
um das Fundament zu reinigen…

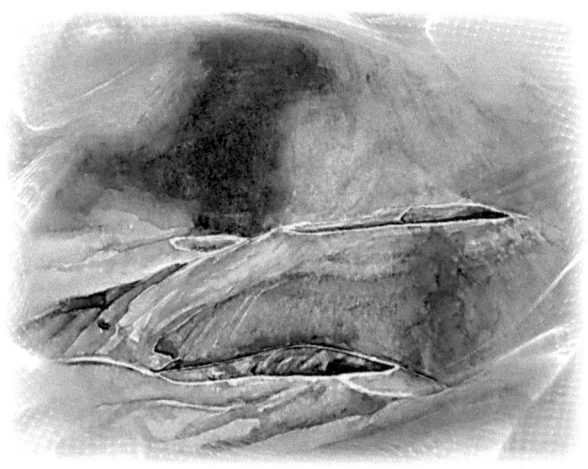

Heimflug

Wir hatten einen wundervollen Urlaub auf Lanzarote hinter uns. Ich hatte viel über Vulkanismus gelernt, Werke Cesar Manriques aus der Nähe bestaunen dürfen und mich in diese faszinierende Landschaft mit den strahlend weißen Dörfern und vielen sehenswerten Orten verleibt.

Nun standen wir am Aeropuerto de Lanzarote in Arrecife am Schalter unserer Fluggesellschaft, um für den Heimflug einzuchecken, als hinter uns eine fröhliche weibliche Stimme in fränkischem Dialekt intonierte: „Na, habt ihr's krachen lassen?"

Als wir uns umgedreht hatten, erkannten wir ein Pärchen aus Nürnberg, das schon beim Herflug hinter uns gesessen hatte, dem wir aber während unseres Aufenthaltes auf der Insel nicht mehr begegnet waren.

Er, ein ruhiger Typ irgendwo über 50, sehr sympathisch mit listigen stets lächelnden Augen und ehrwürdig ergrautem vollem Haar - sie, höchstens halb so alt, bildhübsch mit Löwenmähne, fröhlichen Lausbubenaugen und nie um einen lustigen Spruch verlegen …

Irgendwie freuten wir uns, im Moment des Abschieds von diesem mystischen Eiland, diese überaus liebenswerten Menschen wiedergetroffen zu haben und wir alle hatten viel Interessantes und Lustiges zu erzählen, so dass die Zeit bis zum Boarding wie im Flug verging. Da wir auch noch das eine Gläschen an alkoholischen Getränken zu uns nahmen, schwebten wir irgendwann beschwingt an Bord und nahmen unsere Plätze ein ... und wie beim Herflug saßen die beiden (will sie mal Heinz und Petra nennen) hinter uns ...

Die leicht beschwipste Petra entpuppte sich als begnadete Erzählerin und haute eine Pointe nach der anderen heraus und just, als mein Zwerchfell Muskelkater anzukündigen begann, wurde Petras Programm von einer Durchsage unterbrochen:

„Guten Abend liebe Gäste, Kapitän Manowski (Name geändert) und seine Crew möchten sie recht herzlich an Bord begrüßen ...“

Der Name ließ mich aufhorchen! Ich war damals Berufssoldat bei der Luftwaffe und hatte einen Kameraden mit diesem Namen, der an Wochenenden „Touristenbomber“ flog.

Dieser Mensch war ein Bilderbuch-Arschloch, arrogant, narzisstisch und intrigant! Als ich später eine vorbeirauschende Flugbegleiterin anhielt, und sie fragte, ob der Kapitän ein relativ kleiner dunkelhaariger Luftwaffenoffizier mit einem Pornobalken (Oberlippenbart ... hatten damals fast alle ... ich auch) unter der Nase sei, bejahte sie eifrig und fragte ob ich ihn kenne. Ich antwortete mit einem entschiedenen „Nein!", was Petra hinter mir einen Lachflash bereitete, während sie die verblüffte Stewardess anprustete „Er versucht zu vergessen!"

Natürlich hatten das auch andere Fluggäste mitbekommen ...

Abermals lief Petra zur Hochform auf und unterhielt uns aufs Köstlichste, bis es dann etwas zu essen gab. Nach dem Essen stellte sich Trägheit und ich muss dann irgendwann eingenickt sein.

Die Flugbegleiterin, die ich zuvor nach Manowski gefragt hatte, weckte mich sanft, um mir dann mitzuteilen, dass mich der Kapitän zu sich ins Cockpit bäte. Sie ging voraus und führte mich mit grazilem Hüftschwung durch den halben Flieger nach vorne, bis zur Cockpit-Türe ... und ich spürte sie vielen neugierigen Blicke in meinem Rücken ...

Das erste, was ich sah, war ein wirklich winziges Cockpit (ich habe keine Ahnung mehr, was das für ein Flugzeugtyp war) und das aufgesetzte Pokerface des relativ jungen Copiloten. Er versuchte absolut keine Gemütsregung zu zeigen und ich sah auch, warum: Manowski hing im linken Sitz, die Füße auf der „Armaturentafel" (ich habe keine Ahnung, wie er das in diesem winzigen Raum geschafft haben konnte) und wirkte mit verspiegelter Sonnenbrille und der dicken Zigarre im Mundwinkel (natürlich nicht angezündet) wie ein zu heiß gewaschener Mafioso.

Er bot mir mit gönnerhafter Geste an auf einem kleinen Notsitz im Cockpit Platz zu nehmen und heuchelte Interesse an meinem Befinden, während er versuchte, wie der Chef der gesamten Airline zu wirken. Ich versuchte meine Belustigung zu verbergen und wir sprachen über dies und das und wohin welcher Kollege in letzter Zeit versetzt worden war, als ein Warnsignal ertönte. Der Co schaltete die Anschnallzeichen ein und Manowski bat mich den Gurt des Notsitzes anzulegen, während er sich selbst fast umbrachte, bei dem (schließlich erfolgreichen) Versuch seine Füße vom Armaturenbrett zu nehmen, ohne sie zu verknoten und sich selbst an den Sitz zu fesseln.

Der Flug wurde etwas unruhig und wir setzten unsere Unterhaltung fort, als der Flieger plötzlich wie ein Stein absackte, so dass es für gefühlte 2, 3 Sekunden nicht möglich war zu atmen. Nach einer weiteren guten halben Sekunde ging es wie mit einem Überschallfahrstuhl wieder nach oben. Manowskis Spiegelbrille war an die Cockpit-Decke geknallt und hatte ihm dann während der Aufwärtsbewegung mit der scharfen Kante der Bügelhalterung eine kleine blutige Schramme auf die Stirn gezeichnet. Seine Zigarre hatte er unfreiwillig durchgebissen und sich an dem im Mund befindlichen Stummel verschluckt. Während er ihn aushustete entfernte der Co mit immer noch gemütsloser Mimik das längere Zigarrenteil aus der Mittelkonsole, wo es sich zwischen einigen Schaltern gefangen hatte …

Da die Turbulenzen nun nachgelassen hatten und sich der Flieger wieder auf eine konstante Flughöhe eingependelt hatte verabschiedete mich Manowski (immer noch hustend) aus dem Cockpit mit der Entschuldigung, dass er den Flieger nun von Hand steuern müsse, falls wir von weiteren Turbulenzen überrascht würden. Ich glaube nicht, dass er mitbekommen hat wie viel Kraft es mich kostete, ein brüllendes Gelächter zu vermeiden …

Als ich nun grinsend das Cockpit verließ und die Kabine betrat, spürte ich die Missstimmung sofort. Einige Mitpassagiere starrten mich fassungslos an, andere wirkten wütend, manche ängstlich oder signalisierten Unverständnis … zwei der fünf Flugbegleiterinnen hatten wohl Mühe, ein paar Fluggäste in der Nähe meiner Sitzreihe zu beruhigen.…

Was geschehen war? Nun, nachdem das Luftloch durchflogen war und die Passagiere ihren Schreck fast überwunden hatten, hatte sich Frohnatur Petra bemüßigt gefühlt zu verkünden:

„Hab' ich's net gsagt: Der lässt den fliegen!"

Schadenfreude

Der Wind hat auf erträgliche Stärken zurückgedreht, die Farbe der Wölkchen am Firmament wechselt von grau über orange zu weiß und die Sonne scheint! Der Faltenwurf in meinem Gesicht nimmt zu, weil sich automatisch ein Lächeln einstellt … nichts, was sich nicht mit ein paar Stückchen Nougatschokolade wieder glätten ließe…

Draußen scheint die Natur zu explodieren: Die Bäume sprießen, Sträucher blühen bereits, auf dem Rasen stehen Gänseblümchen und als die Nachbarin aus dem Haus gegenüber schließlich aufgebrezelt und durchgestylt aus der Türe tritt, um mit ihm Gassi zu gehen, hat ihr giganrischer Hirtenhund bereits ein ansehnliches Mittelgebirge ins Blumenbeet gekackt.

„Böser Hundi!" schimpft sie und ihre seidebehandschuhten Hände zerren an der übervollen Schippe, während sie darauf achtet, dass sie nicht all zu tief in die Knie geht, vermutlich um die Nähte des Chanel Kostüms nicht zu gefährden, das über den feuchten Winter wohl etwas eingelaufen ist…

Natürlich verliert sie das Gleichgewicht, zumal der Absatz ihres linken Schuhs tief in den Rasen eingesunken ist. Ich wusste, dass genau das passieren würde …

Mit leicht gespreizten Beinen und hoch gerutsch-tem Rock auf dem nassen, lehmigen Rasen sitzend, ignoriert sie wütend die hilfreiche Hand, die ihr ein Nachbar mit wohlmeinendem Humor entgegen-streckt: „Wat is, Rita … schon widder müd'?".

Als jener im Umdrehen lächelnd murmelt: „Böser Hundi…" füllen sich auch meine Augen mit Trä-nen. Man möge mir meine Schadenfreude verzeihen, es ist einfach wundervoll, schon so frühmorgens la-chen zu dürfen…

Natürlich ist Schadenfreude keine Tugend, son-dern eher eine menschliche Schwäche. Manchmal ist die Komik einer Situation, die einem anderen scha-det, jedoch so überwältigend, dass wir unserem na-türlich angeborenen Drang zu lachen einfach nichts entgegensetzen können:

Rudi, ein guter Freund, wurde 40. Er hatte be-schlossen, dies mit einer Gartenparty am Nachmit-tag würdig zu feiern. Es war Mai und das Wetter nicht ganz so stabil. Da seine Terrasse nur zum Teil überdacht war, bat er mich, ihm vormittags zu hel-fen, eine provisorische zusätzliche Überdachung zu basteln, um die gesamte Terrassenfläche vor etwai-gem Regen schützen zu können.

Wir hatten ein Gerüst aus Dachlatten gebaut und waren nun dabei eine Plastikplane darüber zu ziehen. Rudi stellte irgendwann fest, dass er den Tacker nicht bereitgelegt hatte, mit dem die Plane am Lattengerüst befestigen werden sollte. Da plötzlich Wind aufkam, spurtete er durch Terrassentür und Wohnzimmer ins Souterrain, wo er sein Werkzeug aufbewahrte, während ich ziemliche Mühe hatte, die Plane festzuhalten.

Kurz bevor mich die Kräfte verließen, sah ich Rudi, wie er durchs Wohnzimmer in meine Richtung rannte. Als er die Terrassentür erreicht hatte, blieb er jedoch mitten im Lauf abrupt in der Luft stehen. Es sah für den Bruchteil einer Sekunde aus wie ein Schnappschussfoto von einem Weitspringer, der gerade vom Brett abgesprungen war. Allerdings war seine Nase irgendwie anders und sein Gesicht zeigte jenen ungläubigen Ausdruck, den Menschen haben, wenn sie absolut überrascht und erschrocken sind und nicht wissen, was gerade mit ihnen geschieht. Er rutschte ein kleines Stück an der Scheibe herab und fiel dann auf den Hintern. Seine Augen sprachen vom Wunsch nach Verstehen und dem Versuch wieder in die Realität zurückzufinden …

Seine Frau kam vom lauten Knall aufgeschreckt hinzu und öffnete die Terrassentür wieder, die sie wegen des plötzlichen Durchzugs wohl geschlossen hatte, als Rudi im Keller war. Es kostete mich schon einige Kraft, jetzt nicht zu lachen. Da Rudis Nase jedoch nun nicht mehr die alte Form hatte und ich ihn ins Krankenhaus bringen musste (seine Frau war zu diesem Zeitpunkt nervlich nicht dazu in der Lage), war ich vorerst abgelenkt.

Als Rudi im Behandlungszimmer verschwunden war, sah ich im Wartezimmer der Ambulanz das vorher erlebte Szenario immer und immer wieder in Slow Motion vor meinem geistigen Auge ablaufen ... und dann konnte ich mich nicht mehr beherrschen...

Irgendwann fühlte ich, wie mir eine Hand durchs Haar strich, eine andere hielt meinen Arm ... das brachte mich in die Realität zurück und ich bemerkte die beiden Frauen neben mir, die tröstend auf mich einredeten. Ich realisierte, dass ich schluchzte und mir Tränen über die Wangen liefen. Bauchmuskulatur und Zwerchfell schmerzten ... die beiden Frauen hielten das wohl für einen Weinkrampf.

Ich hatte mich fast beruhigt. Als jedoch Rudi mit verpflasterter Nase aus dem Behandlungsraum kam, war sämtliche Contenance wieder dahin...

An die Verständnislosigkeit in den Mienen der beiden netten Damen werde ich mich wohl noch lange erinnern...

Kleiner Tod

Violette Seele, rostrote Wolken,
wallende Schwüle, dunkelgelb.
Blitze hinter geschlossenen Lidern,
Herzschlag wie Donner.
Feuersturm im Leib,
schier unerträgliche Lust,
süße Qual, unkontrollierbar,
übermächtiges Erlösen,
warme Leere …

Unendlichkeit, Ewigkeit,
unerklärlich und rätselhaft,
mystisch und fantastisch,
da alles und jedes enthaltend.
Räume hinter der Dunkelheit,
unermesslich schön.
Göttliches Empfinden, ewiges Genießen,
unendliches Behagen, warmes Branden,
süße Leichtigkeit.

Da die Ewigkeit verständlich scheint,
kehrt die Endlichkeit zurück.
Süße Melancholie,
langsam verblassende Erinnerung
an durchflogene Sphären.
Temporäre Leblosigkeit, matte Realität …

Stille. Herzschlag.
Wohlige Leere, Zufriedenheit …

Vollmond mit Warmfront

In den Tagen vor und während eines Vollmondes bin ich normalerweise dauermüde und schlafe nachts wie ein Stein. Es ist der 04. Mai 2015 und der Vollmond hat heute seinen Höhepunkt, jedoch habe ich seit drei Nächten kaum geschlafen. Mich beherrscht eine Art „innerer Unruhe".

Es ist nun kurz vor Mitternacht, wir liegen im Bett und ich vertraue auf den Schlafzimmer-Fernseher als Einschlafhilfe (funktioniert eigentlich immer). Nach etwa einer halben Stunde fallen mir das erste Mal die Augen zu und nach dem vierten Wegschlummern nehme ich die tiefe und regelmäßige Atmung meiner Frau war. Also: Gute-Nacht-Kuss, Fernseher aus, Nachttischlampe aus und Augen zu!

Gedankenfetzen verschwinden in der Unendlichkeit und ich drifte sanft ins Traumland …

Bing! Binnen einer Millisekunde bin ich hellwach! Warum? Keine Ahnung! Kein störendes Geräusch oder Gefühl … ich bin einfach wach!

Von weitem höre ich einen Zug. Kaum wahrnehmbar, aber ich höre ihn! Hallo!? Ich habe hier nachts noch nie einen Zug gehört! Da fällt mir ein: Wir haben Südwind! Und weiter im Süden gibt es eine Bahnstrecke! Also: Umdrehen und gar nicht drum kümmern!

In der Stille merke ich, dass sich meine Kiefer

sanft aber rhythmisch bewegen … ich kaue einen Rhythmus!

„ … ich fand sie irgendwo, allein in Mexiko, Aaniitaaa …“

Wie kommt dieses scheiß Lied so plötzlich in meinen Kopf? Ich hab‘ es doch noch nie gemocht!

Rumdrehen, vergessen!

„ … Aaniitaaa …“ meine Kiefer kauen sanft weiter … fuck!

Wieder auf die rechte Seite drehen … die Nase juckt …

„ … allein in Mexiko …“

Auf die linke Seite drehen … ein Knöchel juckt …

Auf den Rücken legen … die Kopfhaut juckt … oh Mann!

Die Muskulatur über meinen Schulterblättern scheint leicht geschwollen und zittert, oder? Ich wusste es: Irgendwann wachsen mir Flügel … Schwingen! Es ist Vollmond!

Ich taste in meinem Mund nach Reißzähnen …

Eine Stimme in mir sagt: „Geh doch mal pinkeln!“

Ich muss aber nicht! Trotzdem gehe ich …

„ … Aaniitaaa …“

Ich liege wieder im Bett, versuche mich auf meine Mitte zu konzentrieren ...

Langsam verblassen Costa und seine Anita im Dunkel und mein Körper wird schwer.

Chrrrrrrrrrrrrrrrrr ... knrrrrrch ...

Meine Kleine beginnt lauter zu atmen ... nun schnarcht sie ... ich bin wieder hellwach!

Ich stupse sie sanft an.

Sie atmet leiser ... aber nur kurz.

Ich stupse sie nochmal ... das Atemgeräusch setzt aus!

„Hm?"

„Du schnarchst!"

„Du auch!"

Was is? Ich habe noch kein Auge zu gemacht!

Sie dreht sich um ... seelenschmeichelnd Stille ...

„ ... Aaniitaaa ... "

Da isser wieder! Ich brauche wohl professionelle Hilfe!

Irgendwas klappert ... schlägt an die Balkontür ... immer häufiger, immer lauter ...

Aufstehen - Bademantel - ab auf den Balkon, nachgucken ...

Draußen ist es stürmisch und der Wind ist unangenehm warm ... ahhh, genau: Man hatte diese

Warmfront ja prognostiziert!

Die klappernden Lamellen des Insektenschutzes vor der Balkontüre sind festgeklemmt und auf dem Rückweg wird mir klar: Mit zunehmendem Alter wird man wohl auch zunehmend wetterfühlig!

Ich liege wieder im Bett und versuche einzuschlafen ...

„ ... ich fand sie irgendwo, allein in Mexiko, Aaniitaaa ...“

Die Uhr zeigt 03:16.

Jetzt kommen die Gedanken ...

Übermorgen wollen wir in Urlaub fliegen. Die blöde Air Berlin hat den Anfang des Jahres gebuchten Flug von Köln nach Ibiza gestrichen ... wir müssen stattdessen frühmorgens ab Düsseldorf fliegen.

Um auch rechtzeitig zum Abflug dort sein zu können, habe bereits vorgestern ein Taxi bestellt ... für 03:00 Uhr nachts. Hatte doch am Wochenende der machtgeile GDL-Vorsitzende ausgedehnte Streiks der Lokführer angekündigt. Der sabotiert die Wirtschaft unseres Landes!

Plötzlich sehe ich klar: Putin steckt dahinter! Hab ich doch in jungen Jahren bei der Bundeswehr gelernt: Die Russen schicken zuerst Saboteure ... dann folgt die Invasion! Und genau die hat bereits begonnen! Die ersten Wodkarocker („Nachtwölfe“ oder so) sind hier ja bereits angekommen!

Und auch die KiTas hat Putin im Griff: Die haben ebenfalls lange Streiks angekündigt! Sohn und Schwiegertochter haben mit anderen Eltern bereits Notfallpläne erarbeitet … und meine Frau und mich gefragt, ob wir nach Rückkehr aus dem Urlaub, für den Fall dass die Streiks dann noch andauern, auch mal bereit wären, den einen oder anderen Tag nicht nur auf die Enkel, sondern auch auf zwei, drei Kinder mehr aufzupassen …

Natürlich hatte meine Frau sofort zugestimmt! Jetzt, wo ich darüber nachdenke, kommt doch ein wenig Panik auf …

„ … ich fand sie irgendwo, allein in Mexiko, Aaniitaaa … "

Sollte ich dir jemals begegnen, Cordalis, dann dreh ich dir die Pittjes ab!

Da ist die Stimme wieder: „Geh doch mal pinkeln!"

Ich muss aber nicht! Trotzdem gehe ich …

Ich stelle fest, dass es bereits hell geworden ist. Auf dem Rückweg sehe ich mein Konterfei im Badezimmerspiegel …

„ … Aaniitaaa … "

Mich fröstelt! Ich will auf 'n Arm!

Es klingelt! Welcher Depp klingelt um diese Zeit?

Ich schaue zur Uhr: HALB NEUN!

Gibt's doch gar nicht! Hab ich irgendwann mal geschlafen? Bademantel anziehen …

DHL steht vor der Tür; bringt ein Päckchen, auf das ich schon über eine Woche warte … die haben nämlich auch gestreikt! Alles Putins Werk! Und nur wegen der Ukraine! Wieso fahren die Klitschkos nicht mal nach Moskau und polieren dem kleinen Despoten die Kauleiste!

In den Augen des Paketzustellers spiegelt sich fragendes Entsetzen.

Nein, ich bin nicht an Ebola erkrankt, ich habe nur sehr schlecht geschlafen!

Costa ist weg! Danke, Gott!

Kaffee! Viel, stark, heiß …

Möge unser Weg zum Abend
durch die Freude führen …

Im Sommer

Die Leiter

Am Samstag kamen Nachbarn „auf ein Gläschen" zu uns herüber. Nach der Begrüßung betrachtete „er" unvermutet nachdenklich seine leeren Hände, um sich dann an seine Lebensgefährtin zu wenden: „Hast du die Schlüssel?"

Sie wirkte überrascht, und ihre Augen nahmen jenen Ausdruck an, den man bei Menschen mit schlimmen Vorahnungen findet. „Ich denke, die hast du?"

Nachdem mir unsere Nachbarn versichert hatten, dass ihre Balkontür offen stand, gestand ich ihnen, dass ich vor längerer Zeit mal das gleiche Problem hatte, und dass es sich dadurch lösen ließe, dass man die lange Leiter aus der Tiefgarage holte und über den Balkon (ist nur die 1. Etage) in die Wohnung einsteige.

Gesagt - getan: Mein Nachbar und ich holten die ausziehbare Leiter aus der Tiefgarage, und als er in die Wohnung gelangt war, zog ich die Leiter wieder vom Balkon weg, um sie wieder auf transportfreundliche Ausmaße zusammenzuschieben.

Ich hatte nicht damit gerechnet, dass das Wegziehen alleine so viel mehr Kraft erforderte, als das Aufstellen zu zweit ... also machte ich unfreiwillig einen Ausfallschritt nach vorne, in die lockere Erde des dicht mit Büschen und Blumenstauden bewachsenen Zierbeetes unter dem Balkon meines Nachbarn. Sekundenbruchteile später hatte die Spitze der Leiter den Zenit über ihrem Schwerpunkt überschritten, sodass ich sie jetzt abstützen musste, damit sie nicht nach hinten fiel. Dazu benötigte ich allerdings einen festen Stand und versuchte meinen Fuß aus dem Blumenbeet zu ziehen und hinter meinen Körper zu bringen.

Ein stechender Schmerz machte mir deutlich, dass mein Schuh im Zierbeet verblieben war und sich nun irgendetwas Spitzes in meine Fußsohle bohrte. Das brachte mich nun aus dem Gleichgewicht, und da ich instinktiv die Leiter festhielt, folgte ich zwangsläufig ihrer Fallrichtung und kam auf ihr zu liegen. Beim Fallen hatte sich ein Verriegelungshebel der Leiter in der Knopfleiste meines Hemdes verhakt, wodurch sich einige Knöpfe geöffnet hatten und das Hemd ein Stück weit von meiner rechten Schulter gerutscht war ...

Ein Augenzwinkern später trat mein Nachbar mit seinem wiedereroberten Schlüssel in der Hand aus der Haustüre und wusste nichts Besseres zu sagen als: „Kaum lässt man Dich mal kurz aus den Augen, schon liegst Du halb nackt irgendwo rum!"

Wer den Schaden hat ...

Volles Herz

So Dein Herz gefüllt mit Liebe,
wirst Du stark und furchtlos sein.

So es voll der Freude,
wirst Du Glück empfinden.

So es angefüllt mit Frohsinn,
wirst Du Wohlgefühl erfahren.

Und so es zugestopft mit Sorgen,
wird ein Feuer brennen, sie zu tilgen
und Hoffnung wird Dein Antrieb sein.

Doch da Dein Herz ist leer
und Du kannst nichts empfinden,
geh' hinaus in die Welt
und finde ihre Schönheit.

Schau das zarte Blatt der Blüte,
der Vögel zierlich Federkleid,
die Anmut allen Lebens.

Schau den Menschen ins Gesicht
und studiere ihre Augen,
bis man Dir ein Lächeln schenkt.

Dann nimm die Freude drüber auf
in Dein Herz,
senn sie kann Frohsinn Dir bescheren,
vielleicht gar Liebe.

…

Eisdiele

Irgendwo draußen zu sitzen und Menschen zu beobachten, ist eine meiner Lieblingsbeschäftigungen ...

So saß ich vorhin vor meiner favorisierten Eisdiele. Ich hatte heute auf den Magermilchjoghurt-Eisbecher mit Süßstoffsahne und Waldbeeren verzichtet, hing stattdessen bei einem erfrischenden San Miguel wundervollen Gedanken an die paradiesischen Strände Formenteras nach und genoss den Facettenreichtum humanoider Existenz, der sich durch mein Blickfeld bewegte ...

Das Pärchen viel sofort auf.

Er, irgendwo zwischen 20 und 30, Toasterteint (natürliche Bräune sieht anders aus), strahlend blaue Augen, hellblond, modischer Kurzhaarschnitt mit Quast obenauf, verwaschene Jeans zu einem rosa Tank Top, das einen penibel definierten Oberkörper andeutete und dicht tätowierte muskulöse Oberarme frei gab.

Sie hatte ihren makellosen Po auch mit einer modischen Jeans bedeckt, trug ein hautenges bauchfreies lila Tank Top, das einen Großteil der bunt tätowierten, übernatürlich großen und dabei fest stehenden Brüste und die ebenfalls mit Ranken und Runen geschmückten Arme untermalte. Sie hatte

meines Erachtens die 30 schon eine Weile überschritten, hatte große blaue Augen und hellblondes
Haar, das streng hach hinten gekämmt zu einem
hüftlangen Pferdeschwanz gebunden. Dass etwa 3
Zentimeter ihrer Poritze zu sehen war, legte die Ver-
mutung nahe, dass sie keine Unterwäsche trug.

Dass beide heftig und mit offenem Mund Kaugummi kauten fegte das aufkommende mentale
„Wow" fast vollständig wieder hinweg, weckte bei
mir aber doch gesteigertes Interesse. Die beeindruc-
kende Leere in den beiden Augenpaaren ließen
große Hohlräume dahinter vermuten und in Verbindung mit dem übertrieben sexy Äußeren drängte
sich mir unweigerlich die Frage auf, ob in der Nähe
nicht vielleicht irgendwo ein Porno gedreht worden
war … je länger ich die beiden betrachtete, umso si-
cherer wurde ich mir …

Nachdem die Bedienung die Karte gebracht und
sie sie beide einige Male vor und zurück geblättert
hatten fraget er: „Wat nimmste?"

Sie: „Eis!"

Er: „Änäh!?"

Sie, in die Karte deutend: „ Ja hi-ier!"

Er, überrascht: „Boooaahh! Kohlenhidranten, ey!"

Sie: „Is mir heut' esu ejal! Isch hatt ne harte Vor-
mittach!"

Er: „ Meinste isch nit? Da muss 'sch mer et sisch doch aber nit gleisch so heftig geben!"

Sie, trotzig: „Isch aber!"

Die Bedienung kam, um die Bestellung aufzunehmen:

Er: „Kaffe, schwazz!"

Sie: „Is dat Joghurteis jenau so kalt wie dat normale Eis?"

Bedienung, etwas verdattert: „Ja, natürlich, is ja Eis!"

Sie: „'sch han Zahnping. Han se nix was nit esu kalt is?"

Bedienung: „Eis ist alles gleich kalt!"

Er: „Dunn der ne Kaffee!"

Sie: „Dat is mer zu heiß!"

Bedienung: „Vielleicht einfach etwas Kühles zu trinken?"

Er: „Oder du lässt dat Eis wat stehen, dat et schmilzt …. Dann is dat nit mieh suu kalt!"

Sie: „Änäh, von esu em Geschlabber hatt isch heut ad mieh als jenuch!"

Ich hatte jetzt Luftnot und meine Augen tränten, so dass ich nur noch am Rande mitbekam, dass sie sich für Kaffee entschied … alter Schwede!

…

146

Allgäu

Es begab sich vor vielen Monden, zu jener Zeit, als die jungen Menschen bunte Gewänder trugen und Blumen im Haar.

Man sang den ganzen Tag über „Hare Krishna" oder „Give Peace A Chance" und nähte sich große Sticker auf Westen die ein „Anti-Atom-Zeichen" zeigten oder die Aufschrift „Make Love, Not War", und propagierte, dass es wohl weit mehr Spaß machte, sich die Birne wegzukiffen und sich die Seele aus dem Leib zu vögeln, als sich in irgendeinem Scheißkrieg abknallen zu lassen.

Zu eben dieser Zeit lebten wir für etwa einen Sonnenzyklus in einem friedlichen kleinen Dorf in einer malerischen Aue im Allgäu. Wir, das waren das herzenswärmste und gleichzeitig erotischste Geschöpf das die Welt bis dahin gesehen hatte (wären Norma Jean oder die Mansfield meiner Frau einmal begegnet, hätten sie wohl geweint vor Neid), das süßeste Baby, das es damals auf diesem Planeten gab - unser Sohn Ilja - und ich, der damals glücklichste junge Mann in unserem Universum.

Wir hatten eines Tages bei herrlichem Wetter einen Wochenendausflug zum Bodensee unternommen und waren Sonntagnachmittag gerade auf dem Rückweg, als wir von einem schweren Gewitter überrascht wurden. Dieses Unwetter wütete zwar nur kurz, aber so heftig, dass wir gezwungen waren, die Fahrt zu unterbrechen, weil die Landstraße plötzlich Wasser führte, mehr als eine Handbreit tief.

Als sich das Gewitter verzogen hatte und die Sonne bereits die Straßen wieder trocknete, setzten wir die Fahrt in unserem Kadett B Coupé fort und trällerten fröhlich mit dem Radio Edwin Starr's „War (what is it good for)", als urplötzlich auf der Kuppe, der wir entgegen „flogen", ein grün gewandeter Mann auftauchte, der winkte und uns scheinbar freundliche Grüße zuzurufen schien.

Als ich den Blick wieder nach vorne richtete, erkannte ich zu spät, dass die Straße hinter der Kuppe überflutet war und sah den grünen Mann aus den Augenwinkeln wild gestikulierend hinter einer gigantischen braunen Wasserwand verschwinden. Nachdem ich unseren Kadett vorsichtig zum Stehen gebracht hatte fuhr ich langsam rückwärts, um nachzuschauen, wie es denn dem Polizisten ergangen war.

Dieser befand sich jedoch in einem bedauernswerten Zustand … in einer Art Starre (das Wasser muss sehr kalt gewesen sein). Braune Brühe tropfte ihm aus Haaren, Nase, Ohren und aus dem Mund und nichts an ihm war trocken - oder nicht braun….

Als ich ausstieg um nach ihm zu schauen erwachte er zum Leben. Er spuckte heftig aus (braun).

Nasenspitze und die Lider um die hervorquellenden Augen ließen eine heftige Röte unter der Schlammschicht erahnen, als er brüllte „Du Depp - ja moanst denn i stell mi do aus Spaß hi, damit mi a so a Neigflackter wia du dersauft?" (Übersetzung: Du Unglücklicher - glaubst Du denn ich halte mich hier auf, um mich von einem Fremden wie Dir ertränken zu lassen?)

Ich konnte nicht umhin zu erwidern: „Denke schon, wenn Sie mich hätten warnen wollen, hätten Sie sich ja *vor* der Gefahrenstelle postiert, zum einen damit ich hätte rechtzeitig anhalten können, zum anderen, damit sie nicht nass…"

Ohne sich meine Argumente vollständig angehört zu haben, hatte er sich in Bewegung gesetzt. Den Kopf tief zwischen die Schultern gezogen, die Augen rot unterlaufen und sein ganzer Körper dampfte nun wie der eines verletzten Stiers in der Arena.

Als auch ich mich auf ihn zu bewegen wollte, drängte sich plötzlich meine Frau zwischen uns beide. Den Kopf leicht gesenkt, so dass sie ein wenig verschämt wirkte und dadurch, dass sie nun die Augenbrauen mehr heben musste, verschwand dieser katzenartige Blick (der mich stets so faszinierte) fast vollends und ihre grün-braun-blauen Augen wurden nun fast völlig rund, wodurch ihr Gesicht eher

Schutzbedürfnis signalisierte. So ging sie auf ihn zu. Er wich leicht zurück und seine Mimik ließ einen Anflug von Unsicherheit unter der Schlammkruste erkennen, ehe er mit offenem Mund stehen blieb um ihrer überaus sanften Stimme zu lauschen. „Tut uns leid, sie armer…„ weiter konnte ich nicht verstehen, da sie sich immer noch langsam auf ihn zu bewegte. Irgendwann hörte ich noch etwas wie „…Reinigung…", und sah, dass sie ihm einen Geldschein in die Hand drückte. Dann drehte sie sich um und kam erhobenen Hauptes und mit schwingenden Hüften zu unserem Auto zurück. Nun wieder ganz Vollweib, schwang sie sich mit Respekt verlangender Anmut auf den Beifahrersitz und sagte triumphierend „Lass uns weiterfahren".

Der Polizist stand noch immer, wie er die ganze Zeit vor ihr gestanden hatte: Starr, mit offenem Mund (aus dem noch immer ab und zu etwas Schlamm tropfte), Fassungslosigkeit in den Augen, den Zwanzigmarkschein in der Hand und … braun.

Ich war nun doch auch froh, dass die Angelegenheit geregelt war, ließ den Motor an, gab Gas und lenkte den Wagen auf die Fahrbahn. Ich hatte jedoch nicht bedacht, dass die Hinterräder noch in etwa 10 cm tiefem Schlammwasser standen. Als die Reifen plötzlich griffen, nachdem sie kurz durchgedreht waren, spritzten hinter unserem Kadett zwei putzige Fontänen auf, von denen eine dem ehemals grünen und jetzt braunen Polizisten am Straßenrand wirklich mitten aufs Lustzentrum traf.

Im Rückspiegel sah ich, dass er wütend zur Seite sprang und sich dann bückte und mir kam der Gedanke, er möchte uns vielleicht etwas hinterher werfen. Doch so weit kam es nicht, denn im selben Moment, als er sich aufgerichtet hatte, verschwand er auch schon hinter einer gigantischen braunen Wasserwand, die offensichtlich den Rädern eines schweren Mercedes-Transporters entsprang, welcher plötzlich, wie aus dem Nichts hinter der Kuppe aufgetaucht war ....

Das Fest

Uns hatten die Winde des Erwerbslebens in dieses wunderschöne Allgäu geweht, und da uns das Ende unseres Verweilens dort bereits bei der Hinreise bekannt war, hatten wir uns in einer bescheidenen möblierten Wohnung in einem kleinen Häuschen eingemietet, das zu einem großen Bauernhof gehörte.

Wir waren wahrlich in einem Paradies gelandet. Die meist trachtengewandeten Menschen in dieser wundervoll pittoresken Welt waren liebenswürdig und nahmen uns überaus gastfreundlich auf. Das Leben abseits jeden Stadtkomforts erforderte damals allerdings noch einiges an Eigeninitiative, wenn man es behaglich haben wollte. So deutete beispielsweise die Bäuerin, der das Anwesen gehörte, gleich in der ersten Woche auf einige alte Obstbäume hinterm Haus, indem sie sprach „Wenn ihr was zum Heizen braucht - die könnt ihr umhauen" … was wir dann auch taten und was mir meinen allererersten Hexenschuss einbrachte.

In dem kleinen Häuschen lebte außer uns noch eine Familie. Zenta und Ludwig Vierheger (die Namen habe ich geändert) und ihre drei Jungs im Alter zwischen acht und 15 Jahren waren von nicht allzu imposanter Gestalt und bewohnten eine bescheidene Wohnung über uns, die lediglich über zwei kleine

Schlafzimmer, ein Bad und eine winzige Wohnküche verfügte. Sie waren ebenso wenig wohlhabend wie wir und wollten doch möglichst mit uns teilen. Hinter dem Häuschen hatten sie einen großflächigen Gemüsegarten angelegt und bedeuteten uns, dass wir gerne von allem so viel ernten könnten, wie wir wollten.

Die Vierhegers besaßen einen alten Schwarz-Weiß-Fernseher. Wir hatten zu dieser Zeit keinen, also luden uns Zenta und Ludwig Samstagabend oft zum Fernsehen ein. Dann saßen wir zu siebt (unseren einjährigen Sohn hatten wir dann schon zu Bett gebracht) mit Blickrichtung TV-Röhre vor dem groben Küchentisch, auf dem sich immer ein großer runder Laib Brot befand, ein riesiger Ring Lyoner und etwa ein halber Meter Salami. Des Weiteren gab es für jeden ein scharfes Messer und einen Tonkrug, der aus großen Flaschen mit Bier gefüllt wurde. Bis heute habe ich keine „Fernsehbegleitkost" gefunden, die auch nur ähnlich schmackhaft und leider auch so deftig nahrhaft war!

Natürlich revanchierten wir uns für dieses Verhalten im Rahmen unserer Möglichkeiten und dann sprach Ludwig immer von einem richtig großen Festessen, dass er alsbald abhalten wolle.

Als der Sommer nahte, sah ich Ludwig des Öfteren hinter dem Haus Bleche und Metallstangen zusammenschweißen, jedoch machte er ein großes Geheimnis aus dem Ergebnis, zu dem sein Werk einmal führen sollte.

Irgendwann war der Sommer da und Ludwig lud zu einer Geburtstagsfeier auf die Wiese hinter dem Haus. Schon morgens half ich ihm, Sitzgarnituren aufzubauen, wie man sie Bierzelten kennt. Alsbald trudelten die nächsten Nachbarn ein, und sie brachten Ess- und Trinkbares als Geschenke mit. Während die Frauen in der Küche halfen, führte Ludwig uns „Buam" in den Schuppen und präsentierte stolz den gigantischen Grill, den er im Frühjahr zusammengeschweißt hatte. Vier gestandene Mannsbilder waren nötig, um das Monstrum auf die Wiese zu tragen, und als sich die kleine Halde Holzkohle, die wir in den Grill geschippt hatten, in rote Glut verwandelt hatte, zauberten Ludwig und der Bauer ein frisch geschlachtetes halbwüchsiges Schwein auf den Rost. Mindestens zwei kräftige, biergestärkte Männer waren notwendig, um die kleine Sau ab und zuzuwenden.

Irgendwann war es dann soweit: In einer riesigen rechteckigen Metallwanne brachten die Frauen ein kleines Mittelgebirge aus gekochtem Sauerkraut. Das knusprig gegrillte Tier wurde auf den dampfenden Krautberg gelegt und die Wanne dann samt Kraut und Schwein auf den Tisch gestellt, auf dem bereits mehrere große runde Brotlaibe, Teller und Bestecke lagen. Die tönernen Bierkrüge wurden gefüllt und ich trank mit auf Ludwigs Wohl, obwohl ich schon fast am „Wasser" ertrunken wäre, das mir beim Anblick des Grillschweines im Munde zusammengelaufen war.

Das delikat knusprige Fleisch, das herzhafte Kraut und das würzige Brot animierten zur Völlerei weit über den Sättigungspunkt hinaus, und alsbald saßen wir schwer atmend und scheinbar bewegungsunfähig mit herausgestreckten Bäuchen auf den Stühlen und Bänken.

Als der relativ kleine Ludwig es nun schaffte, von seinem Hocker aufzustehen, schien es, als habe sein Körper Kugelform angenommen. So schleppte er sich und seinen nun recht ausladenden Bauch zur Kellertür und verschwand im kühlen Dunkel. Nach einigen Minuten erschien er schnaufend, mit einem Blick voller Vorfreude und mit mehreren Flaschen im Arm wieder auf der sonnigen Wiese. Nachdem er alle Flaschen auf dem langen Tisch abgestellt hatte (die Frauen hatten diesen inzwischen abgeräumt), fiel mir auch das fröhliche Erwarten im Blick der anderen Gäste auf.

Ich betrachtete die Flaschen nun mit zunehmendem Interesse und entdeckte, dass die klare Flüssigkeit im Sonnenlicht, von Flasche zu Flasche unterschiedlich, in kaum erkennbaren Farbnuancen zwischen Gelblich, Zartrosa und bläulich schimmerte.

Mein neugieriges Fragen war dann der Anlass zu einer Lehrstunde über den Enzianschnaps. Man versuchte mir Nichteinheimischem die Vorzüge der verschiedenen Enziansorten nahezubringen, indem man mir erklärte, welcher Farbton auf welche Gewächsart und Brennweise zurückzuführen ist und welche Heilwirkungen die Destillate des Gelben, des Purpur-, des Ostalpen- und des Tüpfelenzians zugeschrieben werden … natürlich begleitet von einer ausgiebigen Verkostung. Interessant war, dass man die viel gepriesene Linderung von Magenproblemen sofort verspürte. Das unangenehme Völlegefühl war relativ schnell verschwunden, während die gute Laune von Minute zu Minute exponentiell zugenommen hatte. Alsbald passte auch wieder Bier in den Magen, ohne dass sich dieser wehrte. Dem opulenten Mal folgte nun heftiger Durst …

Irgendwann bedeutete mir mein Körper, dass er Flüssigkeit entsorgen wollte, und so schlenderte ich fröhlich und zufrieden ins Haus.

Ich war wieder auf dem Weg nach draußen und hatte das Gartentor erreicht, als mich ein Gefühl überkam, als ob mein Unterleib jeden Augenblick bersten könnte. Also machte ich kehrt und trollte mich wieder in Richtung Abort … wo ich eine neue

Dimension der Resultatmöglichkeiten menschlicher Verdauung erfahren durfte. Nachdem ich aufgehört hatte, mich darüber zu wundern, dass ich nicht von der Brille abgehoben war und sich wieder Behaglichkeit im Unterleib eingestellt hatte, wusch ich mir die Hände und begab mich auf den Weg nach draußen. Dieses Mal schaffte ich es nicht ganz bis zum Gartentor, als sich absolutes Unwohlsein in der Magengegend einstellte. Ich umarmte die weiße Schüssel, auf der ich kurz zuvor noch gesessen hatte, leidenschaftlich und begann eine dramatische Unterhaltung mit dem lieben Gott, in der ich ihn lautstark anflehte, das leckere Schwein und den heilenden Enzian doch in mir behalten zu dürfen … erfolglos!

Die göttliche Strafe für mein anmaßendes Flehen kam postwendend: Hatte ich doch gedacht, ich sei noch einigermaßen nüchtern, musste ich nun feststellen, dass ich meine Extremitäten, eigentlich meinen ganzen Körper nicht mehr kontrollieren konnte … obwohl scheinbar vollkommen klar im Kopf, war ich nicht mehr in der Lage aufzustehen oder mich irgendwie bemerkbar zu machen.

Als ich mich in mein Schicksal ergeben und mich damit abgefunden hatte, womöglich gelähmt und stumm bleiben zu müssen, betraten Ludwig und meine Frau den Ort meines Siechtums. Da ich mich nicht auf den Beinen halten und ihre Fragen nur mit unverständlichem Gurgeln beantworten konnte, schleppten sie mich ins Schlafzimmer, zogen mich aus und legten mich zu Bett. Geistig scheinbar immer noch hellwach, sah ich die beiden und was sie taten ganz deutlich, verstand jedes Wort, das sie sprachen und ich habe noch heute klar vor Augen, wie sich Ludwig Tränen lachend auf die lederbehosten Schenkel schlug ... dann ging das Licht aus ...

Ich erwachte von Geräuschen, die mir vom Vorabend noch ziemlich vertraut waren. Draußen war es hell und die Sonne schien ... und wieder hörte ich dieses orgiastische Brüllen und Röcheln, das scheinbar von einem gigantischen Untier aus einer anderen Welt zu mir drang und mir war klar: Jetzt antwortet er! Ich hatte Gott in meiner unglücklichen Situation gestern, so eindringlich um Hilfe angefleht ... vielleicht hatte er wichtigeres zu tun, gestern ... aber jetzt antwortete er! Und während ich all meine Sinne auf die Geräusche konzentrierte und zu verstehen, was er mir mitteilen wollte, wurde mir doch immer klarer: Das ist nicht „er" ... das ist Ludwig! Ihm ging es jetzt wohl so, wie es mir am Abend zuvor ergangen war! Und als ich feststellte, dass ich wieder sprechen konnte, stand ich auf und siehe, ich konnte auch gehen ... und ich bedauerte, dass ich keine Lederhose besaß. Hätte ich eine besessen, hätte ich sie angezogen, wäre zu Ludwig hinaufgegangen und hätte mir Tränen lachend auf die Schenkel geklopft!

Nun aber durfte ich in die freudestrahlenden Augen meiner Frau schauen. Sie hatte die ganze Nacht über nicht geschlafen, nur um immer wieder kontrollieren zu können, ob ich atmete …

Ich habe Enzian nie wieder angerührt und habe noch heute einen Heidenrespekt vor dieser Spirituose, die scheinbar nicht nur über Heilwirkung verfügt, sondern darüber hinaus wohl Menschen in Zombies verwandeln kann …

Ich möcht' ...

Möcht' nicht in meine Seele tauchen,
zu sehen, was das Feuer nährt,
das mich treibt,
das mir Freude beschert,
Wohlbefinden und Liebe
und manchmal böse Düsternis.

Möcht' nicht mein Herz verstehen,
nicht wissen, was es fühlen lässt,
warum ich so empfinde,
was es schlagen lässt, für sie,
warum ich ängstlich bin.

Möcht' nicht über den Wolken schweben,
getragen von den warmen Winden,
auf ihnen gleiten,
nah der Lebensspenderin,
erhaben und unangreifbar.

Ich möcht' mich nicht verstehen,
den Duft der Farben atmen,
Wärme hören und Melodien fühlen können.

Möcht' mein Sein so wie es ist,
mit Freud und Leid genießen
und dankbar sein für jeden Tag

...

Bodengeräte

In der ersten Hälfte der 70er war ich auf einem Luftwaffenstützpunkt in Friesland stationiert. Ab Juli 1970 wurde ich dort in der Funk- und Navigationsgerätewerkstatt für Kampfflugzeuge eingesetzt. Nach und nach musste ich mich daran gewöhnen, dass sich die schon länger zugehörigen Kameraden den recht stressigen Alltag oft mit allen möglichen Späßen auflockerten.

Natürlich wurde auch mit den Neuzugängen Schabernack getrieben ... ein Beispiel:

Wenn man in einem der Geräte Messungen durchführen musste, um Fehler zu finden oder Einstellungen vorzunehmen, war äußerste Sorgfalt geboten. Weil die Baugruppen dieser Geräte aus Platzersparnisgründen sehr komprimiert und filigran aufgebaut waren, musste man eine ruhige Hand haben, um keine Kurzschlüsse auszulösen. Näherte man sich mit der feinen Messspitze einem Messpunkt, tat man das in der Regel mit äußerster Konzentration, ähnlich einem Gefäßchirurgen der mit dem Skalpell Gewebe um einen Nerv entfernen will, ohne diesen zu verletzten. Oft zerknallte dann schon mal einer der lieben Kollegen hinter einem eine aufgeblasene Papiertüte ... es dauerte dann gut 15 Minuten, bis man alle Werkzeuge wieder eingesammelt hatte, der Puls in den Normalbereich gesunken war und die

Hände nicht mehr zitterten …

Häufiger jedoch wurden Werkstattfremde drangsaliert. So gab es einen „Besucherstuhl", unter dem ein riesiger Elektrolytkondensator befestigt war, von dessen Polen aus zwei blanke Drähte unter der Sitzfläche parallel an deren Rand entlang geführt waren. Dieser Kondensator wurde war in der Regel mit 220 Volt aufgeladen. Fast jeder Mann packt die Sitzfläche eines einfachen Stuhles seitlich oder zwischen seinen Beinen hindurch, um den Stuhl einige Zentimeter heranzuziehen oder zurechtzurücken. Geräusche, Mimik und Körperbewegungen eines Menschen, der sich einen Stuhl zurechtrücken wollte, während er sich bereits geistig auf relaxtes Sitzen eingestellt hatte, und dann an die Kontakte eines aufgeladenen Kondensators fasste, vergisst man so schnell nicht wieder…

Wenn die Dienstschluss- oder Schichtwechselsirene ertönte, wurde oftmals abgewartet, bis das Getrappel im Flur am größten war; dann wurde die massive Feuerschutztür mit aller Macht aufgedrückt … natürlich rannten immer ein oder zwei Leute dagegen … oder man stellte eine nicht ganz volle Vierteliter-Milchtüte irgendwo in den Gang, aus der oben ein Strohhalm herausragte. Irgendwer versuchte mit Sicherheit das Ding wegzukicken, in der Meinung, die Tüte sei leer … sahen danach immer lecker aus, die Jungs …

Es gab zig solcher und ähnlicher „Späße", am schönsten war jedoch immer wieder jener:

Es gab ein winziges Bauteil, eine Diode, die in vielen der Geräte verwendet wurde und auch häufig kaputt ging. Wenn man diese winzige Diode an 220 Volt anschloss, verdampfte das Ding mit einem Donnerschlag, der jeden Silvesterkracher blass wirken ließ.

Unsere Werkstatt befand sich im ersten Stock der Wartungshalle. Unter uns lag die Bodengeräte- und Kfz- Werkstatt.

Damals gab es große alte Ford Trucks, die die Bundeswehr von den Amis übernommen hatte, die so genannten „NATO-Ziegen". Diese uralten Monster waren häufig zu Gast in der Werkstatt unter uns. Oft stand einer dieser Lkw auf dem Vorfeld unter unserem Werkstattfenster, die riesige Motorhaube geöffnet. Der Mechaniker, der Einstellungen am Motor vornehmen musste, stand dann auf dem gigantischen Rammschutz (eine Art überdimensionale Stoßstange) und verschwand dabei nahezu vollständig im Motorraum. Nur Po und Beine schauten unter der Motorhaube hervor…

Es war uns jedes Mal ein Fest, diese winzigen Dioden an ein langes Kabel zu löten, sie daran hinab zu lassen bis unmittelbar hinter den Po des Mechanikers, der sich gerade über den Motor beugte … um dann den Stecker am anderen Ende des Kabels in die Steckdose zu Stecken…

Das Ergebnis war immer überwältigend und im Ablauf jedes Mal fast identisch:

Schon Sekundenbruchteile nach dem gigantischen Knall waren auch Po und Beine des Mechanikers im Motorraum des Trucks verschwunden. Die gesamte Zugmaschine schwankte und wackelte und gleichzeitig hörte man in satten blechernen „Gongs", wie vermutlich Kopf, Ellenbogen und andere Körperteile des Mechanikers an die Motorhaube stießen.

Dann, nach etwa dreieinhalb bis vier Sekunden, stellte sich kurze Ruhe ein, bevor als erstes eine geballte Faust und danach der zugehörige stinkwütende Mensch zum Vorschein kamen. „Arschloch" oder „blöde Sau" waren die weitaus harmlosesten Beschimpfungen, die wir dann zu hören bekamen. Wir brauchten aber in der Regel weitaus länger als der Erschreckte um uns zu beruhigen. Die Lachkrämpfe dauerten manchmal halbe Tage an…

Leider hatten wir diese Show nicht so oft wie wir sie gerne erlebt hätten, da die Betroffenen ziemlich lange brauchten, um dieses Erlebnis wieder zu vergessen und uns noch mal die Gelegenheit zu bieten…

Seekrank

Dem Luftwaffengeschwader in Friesland gehörte ein kleiner alter Kutter, ein Geschenk einer benachbarten Marineeinheit. Eine beliebte Freizeitbeschäftigung war uns das Makrelenangeln auf der Nordsee.

Es war Sommer - an einem Samstagmorgen fanden wir uns (5 junge Männer voller Abenteuerlust) Punkt 07:00 Uhr bei der Anlegestelle ein und schafften den Proviant an Bord: Einige Brote, Wurst, 3 Kisten Bier und 2 Flaschen Maria Cron (trank man damals).

Eine halbe Stunde später standen wir bereits am Bug des majestätisch dahin gleitenden kleinen Seelenverkäufers, alten Seebären gleich, mit stolz geschwellter Brust, die Nase im Wind, die Augen am Horizont - und hielten nach einem Möwenschwarm Ausschau, der uns wiederum zu einem Makrelenschwarm führen sollte. Als wir eine Beute versprechende Stelle ausgemacht hatten, warfen wir Anker, griffen nach dem Bier und schwangen die mit blinkenden Haken bestückten kunststoffummantelten grünen Wäscheleinen ins Wasser.

Die Makrelen bissen ganz gut, so dass mein Jagdfieber sich alsbald in Trägheit verwandelte, woran die wärmende Morgensonne nicht ganz unschuldig war. So machte ich es mir an Deck bequem und genoss aus halb geöffneten Augen selbstzufrieden den

durch die leichte Dünung rhythmisch stattfinden-
den Motivwechsel: Im Sonnenlicht glitzerndes Wasser - dann Borkum - dann strahlend blauer Himmel…

Diese regelmäßige Wiederholung der immer gleichen optischen Eindrücke (Wasser - Borkum - Himmel - Borkum - Wasser - Borkum…), gepaart mit
zunehmender Helligkeit, verursachte bei mir alsbald
eine Art Trance mit einem überaus wohlig warmen
Empfinden im Bereich des Solar Plexus.

Ich wurde mir meiner Existenz erst wieder bewusst, als, kurz bevor ich endgültig einschlief, das
unendliche Wohlgefühl von schnell zunehmendem
Unwohlsein verdrängt wurde. Innerhalb weniger Sekunden war mir nun wirklich übel und ich schaffte
es gerade noch, meinen Oberkörper über die Reling
zu beugen, um dann mein Frühstück in die See zu
brüllen.

Während letzte Wellen unkontrollierbaren
Würgens meinen Körper durchliefen, stellte sich ein
neues unerwartetes Empfinden ein: Mein Darmtrakt
begann sich krampfhaft zusammen zu ziehen und
ich bekam Gänsehaut.

Mangels Existenz einer Toilette gab es nur zwei
Möglichkeiten. Die erste verwarf ich sofort: Das
Über-die-Reling-kacken. Also griff ich mir eine Plas-

tiktüte und stürzte Hals über Kopf in den Maschinenraum ... aus dem Augenwinkel sah ich das Grinsen meiner lieben Kameraden.

In der Mitte dieses winzigen Raumes blubberte der Motor im Leerlauf, es war schweineheiß und stank fürchterlich nach Diesel. Ich riss mir Hose und Schlüpfer vom Leib, lehnte mich rückwärts gegen die Bordwand, stellte einen Fuß auf das Geländer, das den Schiffsdiesel umgab, zog die Plastiktüte zwischen meine Beine und ließ zu, was ich eh' nicht mehr verhindern konnte ... und mein Unterleib ließ sich so was von gehen! Während dessen kehrte die Übelkeit zurück. Also hetzte ich wieder an Deck, schmiss die Plastiktüte in hohem Bogen über Bord und begann erneut, die Fische zu füttern...

Durch das Gelächter meiner lieben Kameraden und sporadische klickende Auslöser eines Fotoapparates realisierte ich, dass ich ja unten rum nackt war. Den Anflug von Scham, fegten erneute Leibschmerzen einfach hinweg. Auf meinem Weg zurück in den Maschinenraum nahm ich aus dem Augenwinkel Kallis Gesicht wahr. Es hatte einen ungläubigen Ausdruck und die Farbe einer eingelegten hellgrünen Olive angenommen.

Als ich die nächste Tüte über Bord warf, hing Kalli bereits neben mir über die Reling. Einige Möwen holten sich in akrobatisch anmutenden Sturz-flugmanövern Verwertbares aus dem, was Kalli und ich nun parallel und nahezu synchron der See über-gaben. Ich vermag nicht zu sagen, dass ich das da-mals als lustig empfand - es hat Kallis und meine Zwerchfellkontraktionen eher irgendwie gefördert.

Als ich das vierte Mal aus dem Maschinenraum kam, war ich überaus geschwächt. Ich schaffte es noch, mich zu säubern (mit 2 Päckchen Tempos, et-was Maria Cron und einem Eimer Wasser) und mei-nen Unterleib wieder zu bekleiden - dann sank ich an Deck, wo bereits ein apathischer Kalli lag. Wir lagen uns von Angesicht zu Angesicht gegenüber und blickten einander in die leeren Augen. Nun trat Jan auf, unser Skipper: „Nu tut euch mol 'ne Mary ein, ihr Pappnasen, damit ihr wieder kloar guck'n könnt!"

Während meine Energie lediglich ausreichte, ein abwehrendes Kopfschütteln anzudeuten, schaffte es Kalli, den Oberkörper so weit aufzurichten, wie es nötig war, um einen halb gefüllten Kaffeebecher Ma-ria Cron in den Schlund zu kippen. Nach dem wohl Kräftezehrenden Schlucken fiel er wieder in die ur-sprüngliche Lage zurück.

Für den Bruchteil einer Sekunde meinte ich ein wenig Feuer in Kallis Augen erkannt zu haben - dann nahmen sie einen Ausdruck an, wie man ihn oft bei verwundeten Tieren sieht, die wissen dass sie sterben werden. Mit einem grausigen Gurgeln drehte er sich um und schiss sich deutlich vernehmbar in die Hosen. Mir war's egal, ihm war's egal und die anderen wollten Makrelen angeln.

Das alles hatte sich morgens zwischen 9 und 10 Uhr zugetragen. Gegen 16 Uhr liefen wir wieder in den kleinen Hafen ein. In der Zwischenzeit war die unendliche Übelkeit in Lethargie übergegangen...

Eigentlich hätte ich erfreut sein müssen, wieder festen Boden unter mir zu haben - aber auch das war mir egal. Ich wankte irgendwie an Land und sah meiner Frau (die gekommen war um mich abzuholen) an, dass sie wohl für einen Augenblick mit dem Gedanken spielte, schreiend davon zu laufen. Sie erkannte mich dann aber wohl doch.

Zuhause angekommen, hatte ich einen Teil meines Wahrnehmungsvermögens wiedererlangt und als ich dann in der Wanne lag, erschien es mir, als hätte ich alle Bewegungen, die der Kutter an diesem Tag vollführt hatte, in mir gespeichert, um sie jetzt wiedergeben zu können.

Ich dankte dem Herrn, dass mein gesamter Verdauungstrakt absolut leer war...

Ich war vorher nie seekrank und danach auch nie wieder – und ich möchte es auch nie wieder sein. ..

Purpurmorgen

Purpur in mir, allenthalben, tief,
ringsum dunstiges Violett, Rot, Orange,
Morgendämmerung, absolute Stille.

Glut tief in mir, purpurn, heiß
Leidenschaft, Rauschbereitschaft,
drohendes Entflammen.

Ich trete nackt ins Leben,
die zartkühle Morgenluft um mich
beginnt scheinbar zu wabern.

Flirrendes Spiegelbild,
Augen, unwirklich groß und klar,
Glühen in der Tiefe, purpurn.

Intensives Empfinden
alles durchdringender Existenz,
unbändiger Lebenswille.

Niederfrequentes Seelenschwingen,
schauerlich böse und bezaubernd schön,
purpurn.

Welt, hüte Dich,
ich werde Dir diesen Tag nehmen
und ihn nach meinem Belieben gestalten,

purpurn

...

Hip Hop

Der Volksmund sagt: „Morgenstund hat Gold im Mund" - bei manchem ist's Amalgam oder auch Keramik …

Das erinnert mich irgendwie an den jungen Mann in der Fußgängerzone, der wohl auf all diese Dinge im Mund verzichtet hatte - auch auf die meisten Zähne.

Er bewegte sich überaus geschmeidig scheinbar im Rhythmus des Tinituserregers, der aus einem Ghettoblaster (sorry, Boombox) knallte.

Bekleidet war er mit einer viel zu großen Hose, die offenbar lediglich von der Peniswurzel daran gehindert wurde, über die Knie (wo der Schritt der Hose hing) abzurutschen und einem gigantischen Hemd, das auf der rechten Seite in, auf der linken Seite aus der Hose hing. Dazu trug er eine dicke Daunenweste, eine Wollmütze und über letzterer noch ein Basecap … bei etwa 27° C im Schatten!

Zieht man Farbe, Intensität und Lage der Flecken auf seiner Kleidung mit ins Kalkül, vermittelte er insgesamt den Eindruck, als sei er soeben beim Indie-Passsage-kacken erwischt und vertrieben worden.

In einer angerosteten Konservendose auf dem Boden lagen ungefähr 30 Euro in Münzen und kleinen Scheinen, offensichtlich vom umstehenden Publikum. Unsicher über die Höhe der Summe, die ich dem schwitzenden Bengel zukommen lassen wollte (er riss sich ja nun wirklich den Arsch auf), fragte ich ihn, für was sich denn das Geld ertanze.

„Brausch de neue Aifoun, Alda!"

Auf meinen Einwand hin, dass er da doch ein nagelneues Mobiltelefon an dem Band um seinen Hals trage, antwortete er:

„Is schon Jahr alt, ey, gehd gar ned, Alda!"

Bei einigen der umstehenden jungen Leute schien das Mitleid zu erregen, andere nickten zustimmend…

Ähm - jo … mir fällt bis heute dazu nichts ein. Ist es vielleicht doch ein Altersphänomen, sich nicht vorstellen zu können, dass allein der Besitz eines Smartphones der allerneuesten technischen Generation Anerkennung bringt? Was aber wohl tatsächlich so ist, wie ein weiteres Erlebnis zeigt:

Es gibt da eine bestimmte Klientel, der diese Art Statussymbol zur Alltagskultur geworden ist. Man kann sie unschwer erkennen, wenn sie sich geschmeidig cool pendelnden Schlurfschrittes an irgendeinem markanten Punkt des Ortsteils versammeln. Die wahre Gestalt unter übergroßer Kleidung mit Kapuzen verborgen, stehen sie dann oft in Gruppen zusammen, um mit wippenden Gesten die wichtigen Dinge in ihrem Leben täglich neu zu bewerten:

Typ 1: "Ey, krisch dä neue Aifoun 6, dä kommd noch die Woche hier, voll geil weissu!"

Typ 2: "Booaahh ... eschd, ey?"

Typ 1: "Voll Hamma, Alda"

Typ 3: "Krass, ey!"

Typ 4: "Dä gehd cool, Alda!"

Typ 3: "Korrekt, ey!"

Typ 1: "Brauchsdu, Alda!"

Typ 4: "Was machsu midde scheißndreck alde Händi, Alda?"

Typ 1: "Krisch de Tussi, jo!"

Typ 4 streckt Typ 1 die Faust entgegen und jener boxt sie leicht mit seiner, während Typ 4 ausführt: "Korrekt, Alda ... bissdu eschd dä Teschäcker!"

Typ 3: "Reschpeckt, ey!! Voll großzü'sch, ey ... biss voll dä Kavalier!"

(Brüllendes Gelächter)

Typ 2: "Booaahh ... eschd, ey? ... Da geht die aba voll ab, ey, jo!"

Typ 1: "Pass auf, wasdu von meine Tussi sachs, Alda ... schgeb dir gleich 'voll ab', du Opfa!"

Typ 2: "Ey sorry, Alda, biss voll cool, ey ..."

Typ 4: "Was gehd?"

Typ 1: "Jo!"
Typ 3: "Jo!"
Typ 2: "Jo!"
Typ 4: "Jo!" ...

Der Zahn der Zeit ist ein großer Künstler,
vermag er doch vieles mit dessen Alter zu schmücken.

Kinderschuhe kaufen

Meine Frau und meine Schwiegertochter hatten vereinbart, unseren Enkeln Hannah und Jonas an diesem Julisonnabend neue Schuhe zu kaufen ... war ja Schlussverkauf ...

Unsere Enkel (ein zweieiiges Zwillingspärchen) waren 16 Monate alt, schon sehr flink auf ihren kurzen Beinchen und überaus neugierig.

Die winzigen, preisreduzierten Adidas-Allzweckschühchen im Schaufenster des Sportgeschäftes waren so putzig anzuschauen, dass ich glaubte, bei meiner Frau und unserer Schwiegertochter Rührungstränchen in den Augen zu bemerken ... also: Rein in den Laden!

Ich habe bereits erfahren, dass Schuhkauf für Frauen an sich schon eine mentale Ausnahmesituation bedeutet, und musste nun lernen, dass Kinderschuhkäufe gar zeitweise unkontrolliertes begeisterungsbedingtes Hyperventilieren auslösen können. Mir war daher sofort klar, dass nun sämtliche Hirtenaufgaben über meine Enkel automatisch auf mich übergingen. Mein Sohn musste an diesem Nachmittag leider arbeiten ... der Glückliche ...

„Können wir die kleinen Adidasschuhe mal sehen, die Sie im Fenster haben?", fragten die beiden bebend einstimmig. „Oooch ... sind die süüüüß!", seufzte die Verkäuferin, löste widerwillig den entzückten Blick von unserem Enkelpärchen und entschwand, ohne die Antwort abzuwarten, mit der Frage „Größe 23?" durch eine nahe Tür ...

Während Frau und Schwiegertochter mit glasigen Augen und verträumtem Lächeln weitere Kinderschuhe betrachteten, riss mich die Unruhe in Höhe meiner Knie aus all den vielen fragenden Gedanken, die der entrückte Zustand der beiden Frauen bei mir aufgeworfen hatte ... und mir war nun bewusst: Du bist jetzt alleine mit den beiden Moppeln!

Die Ursache der Unruhe in Kniehöhe hieß Hannah. Sie hatte gerade begonnen, einen großen Korb mit Fußbällen auszuräumen. Indem ich Hannah mit der rechten Hand vom Ballkorb abhielt, fing ich mit der Linken die drei herumkullernden Bälle wieder ein, um sie in den Korb zurückzulegen. Aus den Augenwinkeln erkannte ich, dass sich der Kleiderständer mit den Fußballtrikots, am Ende des Verkaufsraumes, scheinbar selbstständig bewegte. Mir war sofort klar, dass Jonas der Grund dafür sein musste. Also klemmte ich mir Hannah unter den Arm und eilte zum Kleiderständer um Jonas darunter hervorzuziehen.

„Wir haben diese Schuhe einmal in Weiß und dann in Schwarz ... Weiß fürs Mädchen", vernahm ich die stolze Stimme der Verkäuferin. „Och wie süüüüüß!", hörte ich meine Frau glucksen. „Weiße Schuhe find' ich doof!", verkündete meine Schwiegertochter. „Lasst sie uns doch erst mal anprobieren … wegen der Größe", konterte die Verkäuferin, als ich die beiden Moppel zu dem Sitzbankarrangement geschleppt hatte, auf dem sich die drei Damen nun niederließen …

Die Details dessen, was sich von da an ereignet hatte, sind so umfangreich und vielfältig, dass ich sie beim besten Willen nicht wiedergeben kann. Eine halbe Stunde, fünf zerrissene Pappkartons, ein ausgeräumtes Sockenregal und einen umgeworfenen Ballkorb später stand ich, verschwitzt und nach Atem ringend, mit wirrem Haar und einer Einkaufstüte mit insgesamt vier Paar winzigen Sportschuhen („Sind die süüüüß!"), einem Wasserball und etlichen paar Kindersöckchen mit Gumminoppen, wieder auf der Straße und konnte beobachten, wie die fast hysterische Verzückung in den Gesichtern der beiden Frauen glücklichem Augenglänzen wich … und sie hatten wieder je eines der Enkelkinder an der Hand …

„Guck doch mal, die Kapuzenpullis … sind die süüüüß!" Ich hatte nicht mehr daran gedacht, dass es auf dem Weg zum Parkplatz ein Kinderbekleidungsgeschäft gibt … und es war Schlussverkauf …

Nachdem die übermüdeten Kinder scheinbar absolut keinen Bock mehr auf Shopping, Mutter und Oma sich aber mittlerweile ins Kapuzenpulli-Nirwana gebeamt hatten, blieb mir nur, das Geschäft zusammen mit den beiden kleinen Terroristen wieder zu verlassen und sie ein wenig in der Fußgängerzone laufen zu lassen. Das ging so lange gut, wie die beiden beieinander blieben. Es brauchte nur jenen winzigen Augenblick, in dem beide, als hätten sie's verabredet, die Richtung im 90-Grad-Winkel änderten ..., und zwar entgegengesetzt! Schon hatte ich ein echtes Problem ...

Instinktiv wandte ich mich der zierlicheren Hannah zu, um sie als Erste wieder einzufangen, als ich aus der entgegengesetzten Richtung eine warme, helle Stimme vernahm, die, scheinbar außer Atem, schwärmte: „Ist der süüüß! Guck doch mal ... ist der süüüß ... ist das ein süßes Kind!" Aus den Augenwinkeln erkannte ich eine Frau mittleren Alters, die, ihren freudig lächelnden Begleiter am Ärmel zupfend, verzückt auf Jonas hinab schaute, der gerade einen weggeworfenen Brötchenrest aufhob ...

Ich hob Hannah, die frische Taubenscheiße entdeckt hatte und mit der Hand darin herumpatschte, auf meinen Arm und spurtete rufend zu Jonas, um ihn noch zu erreichen, bevor er in das Brötchen beißen konnte ...

„Der hat ja noch eine Schwester … ist die süüüß! Guck doch mal, die süßen Kinder!", schwärmte die Frau, ihren Begleiter noch immer an den Ärmeln zupfend. „Die halten einen bestimmt auf Trab … aber das macht sicher unglaublich viel Freude … das sind ja sooo süße Kinder!", schwärmte die Frau weiter in meine Richtung. Ich hatte Jonas das Brötchen weggenommen, ihn unter meinen freien Arm geklemmt und nickte ihr nun lächelnd zu … zum Sprechen hatte ich nicht genug Atem …

„Hallo, da sind wir wieder", „wir haben leider nur einen Pulli für Jonas gefunden. In Hannahs Größe hatten sie nichts Schönes mehr", vernahm ich Frau und Schwiegertochter … „Wir gucken noch mal da drüben, vielleicht hat ja C&A noch was Passendes!"

Ich nahm mich sehr zusammen, um die aufkommende Panik zu beherrschen, und schon waren die beiden Weiblein zwischen irgendwelchen Kleiderständern mit Damenunterwäsche hindurch in die Kinderabteilung dahinter entschwebt, als ich auch schon wieder alle Mühe hatte, Hannah davon abzuhalten, zuckersüße Spitzenslips vom Ständer zu pflücken. Aus den Augenwinkeln konnte ich gleichzeitig erkennen, dass Jonas (der in Richtung und Geschwindigkeit Mutter und Oma gefolgt war, als die beiden ihn und Hannah von den Händen gelassen hatten) gerade ein etwa gleichaltriges dunkelhaariges

Mädchen abwatschte: Sie wollte ihm den flauschigen Häschenpantoffel nicht geben, den sie gerade aus einem Regal gefischt hatte …

Mein Schimpfen vernehmend, ließ er von ihr ab und wandte sich reumütig mir zu, um dann allerdings mit fragendem Blick an einem Ständer mit BHs zu verharren … während Hannah neben mir einen Aufsteller mit Modeschmuck entdeckt hatte …

Nachdem ich, begleitet vom Lachen einiger überaus amüsierter Verkäuferinnen, die beiden wieder in meine Gewalt gebracht und Oma und Mutter aufgespürt hatte, bestand ich darauf, nur noch eines der beiden Kinder hüten zu müssen. Die beiden entschieden sich natürlich für die wesentlich zahmere Hannah. Also führte ich den nun quengelnden Jonas wieder hinaus in die Fußgängerzone, wo er seine Entdeckungsreise fortsetzen konnte …

Ich schaffte es diesmal, ihn rechtzeitig davon abzuhalten, Abfälle aus den öffentlichen Mülleimern zu fischen, Hundekot aufzuheben, die Erde aus Zierpflanzenkübeln zu futtern, Kaugummis vom Pflaster zu kratzen und … und … und … und …

Ich war nass geschwitzt, nervlich überaus angespannt und hatte mir geschworen, dem nächsten Menschen wehzutun, der „Ist der süüüß!" oder Ähnliches von sich gab, als zwei dunkelhaarige junge Frauen bei Jonas stehen blieben, um ihn mit genau diesen Worten anzuhimmeln: „Ist der süüüüß!", „Ist das ein süßes Kind!", „Soooo süüüß!" … und als eine die Hand senkte, um ihm den Kopf zu streicheln, rief ich so laut und so hart ich konnte: „Fass!"

Die junge Frau zog blitzartig die Hand zurück und erschrak fürchterlich … Jonas war auch erschrocken. Immer, wenn er erschrickt, zieht er die Augenbrauen zusammen und schaut einen strafend an … so schaute er nun zu den völlig verunsicherten jungen Frauen empor … und mir krampfte das Zwerchfell … der ist ja sooo süüüüß!

Wieder Kind sein

Ich möcht' gern' mal wieder
barfuß über eine Wiese laufen,
im Sonnenaufgang,
die kleinen Füße nass vom Morgentau.

Ich möcht' gern' mal wieder
am Bach spielen,
Frösche, Fische, Krebse jagen
und sein Wasser trinken.

Ich möcht' gern' mal wieder
nackt über den See schwimmen,
in der Abenddämmerung
und die Muscheln auf dem Grund erkennen.

Ich möcht' gern' mal wieder
im Mairegen tanzen,
durch die Pfützen springen,
ausgelassen albern sein.

Ich möcht' gern' mal wieder
den Berg erklimmen
durch widerspenstiges Unterholz,
mit zerschrammten Armen und blutigen Knien
und mich fühlen wie ein Tier im Wald.

Ich möcht' gern' mal wieder
die Magie eines Blitzes fühlen,
Erregung und Donnergrollen tief im Leib
und dem Sturm ins Gesicht lachen.

Ich möcht' gern' mal wieder
die Welt spüren
und mich unbekümmert auf die Zukunft freuen,
die irgendwo hinterm Horizont auf mich wartet …

Moppelwache

Ich persönlich halte den Begriff „Moppelwache" bei Kleinkindern für zutreffender als „Enkel hüten", weil sich die damit verbundene Verantwortung nicht nur darauf beschränkt, die knuffigen Racker vor Gefahren zu schützen. Sie müssen doch auch davon abgehalten werden, sich selbst oder ihrer Umwelt zu schaden.

Hannah und Jonas – wir lernten sie ja bereits kennen - sind ein zweieiiges Zwillingspärchen und bereits im zarten Alter von sechzehn Monaten doch recht unterschiedliche Persönlichkeiten:

Während Jonas, der wilde Haudrauf, über eine sehr sensible Seele verfügt, zeigt sich Hannah eher zurückhaltend. Sie denkt und handelt oft eigenwillig und hat manchmal schon etwas von einer Grand Dame ... und ab und zu ist sie richtig zickig!

Jonas ist zwar ziemlich wild, aber wenn man ihm (zum Beispiel mit einem deutlichen „Nein!") bedeutet, dass er etwas nicht darf, dann tut er es auch nicht ... oder er versucht es vorsichtig wieder, während er einen fragend anschaut. Hannah tut einfach, was sie will! Punkt! Wenn man ihr (zum Beispiel mit einem deutlichen „Nein!") bedeutet, dass sie etwas nicht darf, dann interessiert sie das erst mal nicht. Wird man energischer, wird sie umso cooler, wird man so

energisch, dass sie die Intervention nicht mehr ignorieren kann (beispielsweise durch lautes Schimpfen
oder indem man sie von dort weg nimmt, wo sie etwas tun möchte, was sie nicht soll), wendet sie langsam ihr Gesicht von einem ab, nimmt die Nase etwas
höher und straft einen mit Missachtung. Für mich
ist es dann immer wieder überaus schwierig, ernst zu
bleiben und dieses Verhalten zu ignorieren ... ich
muss mich meist meinerseits umdrehen, damit sie
mein Lachen nicht sieht ...

Wie schon öfter, hatte uns unsere Schwiegertochter auch Anfang August dieses Jahres gebeten, einen
Tag lang auf die kleinen Terroristen aufzupassen,
weil sie einiges zu erledigen hatte. Sie brachte die beiden am frühen Morgen zu uns, nicht ohne Briefing
mit den für diesen Tag wichtigsten Informationen,
nämlich dass die beiden Racker noch nicht geschlafen hatten (normalerweise schliefen sie nach dem
Frühstück noch ein Stündchen) und dass sie beim
Füttern gerne eigene Löffel benutzten, weil beide
zurzeit versuchten, alleine zu essen ...

Als ihre Mutter gegangen war, scheiterte der Versuch, die beiden noch ein Weilchen Schlafen zu legen, kläglich (ich hätte gerne auch noch ein Weilchen gedöst). Sie konzentrierten sich ganz auf die
veränderte Umgebung und begannen wie gewohnt,
sie mit unglaublicher Neugier zu erkunden.

Meine Frau und ich haben in Bezug auf die Moppelwache eine unabgesprochene Aufgabenteilung:

Sie fühlt sich eher für das seelische und leibliche Wohl der beiden Kleinen zuständig, das „Caress & Catering" ... also Knuddeln und Füttern.

„Entertainment & Education", also das Unterhaltungsprogramm und das Aussprechen und Durchsetzen von Verboten ist weitgehend Bestandteil meines Aufgabenbereiches.

Nachdem ich über längere Zeit von Enkel zu Enkel geflitzt war, um Herd, Spül- und Waschmaschine wieder auszuschalten, Hannah daran zu hindern, Erde aus Blumentöpfen zu futtern und in rohe Kartoffeln aus dem Küchenschrank zu beißen, Jonas zweimal vom Wohnzimmertisch herunter geholt und ihn danach am Mülleimer ausräumen gehindert hatte, gab ich jeden weiteren Versuch, die beiden müde zu spielen, auf. Da die Sonne schien und es draußen sommerlich warm war, holte ich den Bollerwagen aus dem Keller und packte einen Ball und ein paar Spielsachen ein. Meine Frau packte zwei Kissen und Proviant.

Hannah und Jonas hatten einen Heidenspaß in dem Wagen, den ich nun über Feldwege durch die Botanik zog. Sie nahmen sich gegenseitig die Schnuller aus dem Mund und steckten sie wieder hinein, fütterten sich mit Keksen und Saft oder warfen einfach den Ball, Schnuller, Kekse und Saft aus dem Wagen und quietschten und jauchzten begeistert, wenn meine Frau oder ich diese Dinge wieder einsammelten …

Ich war heilfroh, als wir endlich jene riesengroße Wiese erreichten, die vielen Einwohnern unseres Viertels als „Freizeitwiese" dient. An diesem Vormittag waren wir nahezu allein auf dem großen Grün, und die Kleinen konnten nach Herzenslust toben …

Nun gibt es auf solchen „Freizeitwiesen" auch Ecken (meist da, wo auch ein paar Büsche stehen), die häufiger von Menschen zum Abfeiern und von Haus- und Wildtieren als Abtritt genutzt werden … Meist kann man nicht auf Anhieb erkennen, wo im Gras sich noch Partyabfall oder tierische „Ausdrücke" befinden. Darüber hinaus ist es für ein sechzehn Monate altes, unerfahrenes Stadtkind unmöglich zu erkennen, was von den herum liegenden Dingen es besser nicht in den Mund stecken soll … Woher soll es wissen, dass Hasenköttel absolut nichts mit Bonbons gemeinsam haben, dass die weichen braunen Häuflein oder wurstähnlichen Gebilde nicht aus Knetgummi sind oder dass die schlüpfrigen Gummidinger keine Luftballons sind, die Opa aufblasen möchte …

Die Kinder hatten diese Ecke zuerst entdeckt, und ich wurde erst durch ein hysterisches „Jonas neiiiiin!" darauf aufmerksam, das meine Frau von sich gab, die, etwa 20 Meter von Jonas entfernt, Hannah davon abhielt, eine schmuddelige Coladose aufzuheben. Ich ließ die gerade eingesammelten Spielsachen in den Bollerwagen fallen, um zu Jonas zu spurten und ihm die für seine Verhältnisse riesige fast leere Wodkaflasche wegzunehmen, die er gerade an die Lippen zu führen versuchte. Meine Frau und ich waren nun wirklich überbeschäftigt damit, die Kinder von herumliegendem Abfall fernzuhalten. Einige Male schafften wir es in letzter Sekunde, etwa Hannah daran zu hindern, eine Slipeinlage aufzuheben oder Jonas von einem schimmeligen Burgerrest wegzuzerren ... die beiden sind trotz ihres geringen Alters doch sehr flink ... zumindest im Vergleich zur Beweglichkeit ihrer Großeltern ...

Als wir uns schließlich (schweißüberströmt) weit genug von dem schmuddeligen Ort entfernt hatten, als dass die Moppel noch etwas anderes außer Gras hätten finden können, entdeckten die beiden, dass es wohl unbändigen Spaß macht, den Bollerwagen zu schieben. Ich brauchte dem Gefährt mit der Deichsel lediglich die Richtung zu geben, den Antrieb besorgten die Zwillinge.

Als sie den Karren so etwa zwei Fußballfeld-Diagonalen weit über die Wiese geschoben hatten, versuchten sie, über die Seitenwände in den Wagen hinein zu klettern … ein Zeichen dafür, dass sie ermüdeten. Also setzten wir die beiden wieder in den Bollerwagen und machten uns auf den Heimweg … nach etwa zwei Minuten war Jonas eingeschlafen, und sein Kopf drohte über die Rückwand zu baumeln. Da auch Hannahs Augen zufielen, der Bollerwagen aber zu klein war, um beide Kinder hineinlegen zu können, bettete meine Frau die kleine Hannah weich in den Wagen, während ich Jonas auf den Arm nahm, wo er tief und fest weiterschlief.

Sicherlich haben schon andere ein 13 Kilo schweres Kind bei etwa 27°C (im Schatten) über zweieinhalb Kilometer nach Hause getragen … für mich war es das erste Mal. „Erschöpfung" beschreibt nicht annähernd, was ich empfand, als ich endlich die Wohnungstür aufschließen konnte!

Wir zogen den Kleinen die Schuhe aus und legten sie, so wie sie waren, auf unsere Ehebetten … ich trank eine Flasche Sprudel auf ex, pellte mich aus der klatschnassen Kleidung und genoss die Dusche sowie das langsame Nachlassen der Rückenschmerzen.

Als ich aus der Dusche kam, sah ich meine Frau auf einem Stuhl sitzen, den sie vor das Ehebett gestellt hatte. Das fassungslose Fragen in meinem Gesicht beantwortete sie mit: „Einer muss aufpassen, dass die Kinder nicht aus dem Bett fallen ... und ich muss jetzt kochen. Wenn sie aufwachen, werden sie Hunger haben!" Einwände ließ sie nicht zu, und so setzte ich mich auf den Stuhl und bewachte den Schlaf der Moppel, ab und zu kontrolliert von meiner Frau ... etwa eine Stunde lang.

Sie hatten wirklich Hunger, als sie aufgewacht waren. Meine Frau hatte ein Fischgericht mit Kartoffeln und Spinat gekocht und zwei kleine Teller für die Enkel gerichtet, auf welchen alle Essensbestandteile zu einem groben Brei vermischt waren (ich hab noch immer nicht geschnallt, warum Kleinkinder immer Spinat oder Möhren essen müssen).

Nach dem die Moppel in jackenähnliche abwaschbare Schutzkleidung (früher nutzte man Lätzchen) gehüllt waren, setzten wir uns an den Esstisch, meine Frau mit Jonas, ich mit Hannah auf dem Schoß. Wir hatten uns an das Briefing durch unsere Schwiegertochter erinnert und den Moppeln jeweils einen eigenen Löffel gegeben, weil sie ja angeblich selbst essen wollten ... und ich war baff! Jonas, der mir gegenüber auf dem Schoß meiner Frau saß, aß alleine! Er schaffte es tatsächlich, seinen Löffel zu füllen, die „Ladung" in seinen Mund zu verfrachten, um sie dann nach einigen Kaubewegungen hinunter zu schlucken. Das ging zwar alles langsam und verspielt, sodass meine Frau zwischen seinen „Übungen" jeweils ein, zwei Löffel nachschieben musste, aber es funktionierte.

Bei Hannah sah die Sache noch ein wenig anders aus: Sie schaffte es noch nicht wirklich, den Löffel zu füllen und das Wenige, das sie dann drauf hatte, verteilte sie eher um ihren Mund herum, als in Selbigem. Also beschloss ich, ihrem Mühen ein wenig nachzuhelfen. Gegen ihren Widerstand führte ich ihre Hand so, dass ihr Löffel sich füllte, um sie dann loszulassen, damit sie den Löffel zum Mund führen konnte. Die Spannung, die ihr Widerstand gegen meine Führung aufgebaut hatte, hatte ich allerdings unterschätzt: Als ich ihre Hand losließ, schnellte diese nach schräg oben, und ich spürte, wie die spinathaltige Löffelladung mein Ohr streifte und hinter mir an die Tapete klatschte. Ich war nun vorsichtiger, und Hannah schaffte es nach und nach, alleine den Löffel zu füllen … allerdings verteilte sie die Löffelinhalte dann eher in ihrem Gesicht, als dass sie den Mund gefunden hätte. Ich erhöhte die Frequenz, mit der ich meinen Löffel zu ihrem Mund führte, und sie verlor langsam das Interesse daran, selbst löffeln zu wollen. Sie rührte nur noch im Brei herum oder trommelte mit dem Löffel auf dem Tellerrand, wobei sich die auf dem Besteckteil befindliche Spinatpampe im Umkreis von etwa einem Quadratmeter verteilte … und auf meinem spärlichen Haupthaar.

Ahnungsvoll drehte ich mich kurz um, nur um zu sehen, dass sich der Spinatbrei hinter mir in Bewegung setzte und langsam Richtung Fußboden floss, eine grüne Spur auf der Tapete hinterlassend. Als ich meine Augen wieder dem Geschehen vor mir zuwandte, hatte Hannah ihren Löffel irgendwohin verschwinden lassen und sich den Brei mit den Händen vom Teller geholt und in den Mund gestopft … offenbar etwas zu viel, denn sie spuckte die Hälfte ihres Mundinhaltes in ihren Schoß.

Es dauerte etwa eine halbe Stunde, bis die Moppel abgefüttert und gereinigt waren. Während meine Frau nun die beiden wickelte, versuchte ich, den Esszimmertisch, die Tapete und die Stühle sowie deren Umgebung grob von Essensresten zu befreien (für die notwendigen Aufräum- und Reinigungsarbeiten würde wohl der nächste Tag draufgehen) … so fand ich auch Hannahs Löffel wieder: Er klebte in meinem Schritt.

Nun verfrachteten wir die Kinder ins Auto und fuhren zu einem großen Spielplatz an der Zündorfer Groov, um die Kleinen toben zu lassen. Hoch konzentriert führte ich die beiden Racker vorsichtig an die kleinen Schaukeln und Wippen heran, die im weichen, hellen Sand standen, und kippte die Tüte mit den Schippchen und Förmchen aus - als ich merkte, dass Jonas sich nicht mehr in meinem Gesichtsfeld befand ...

Einen kurzen Schweißausbruch später hatte ich ihn wieder entdeckt: Er verschenkte gerade seinen Keks an ein etwa gleichaltriges aber ungleich dickeres Kind.

Und als ich noch überlegte, ob er tatsächlich dachte, dass der dicke Junge den Keks wohl mehr brauchte als er, nahm ich aus dem Augenwinkel wahr, dass Hannah die Spielsachen aller Kinder im Sandkasten einsammelte - die eigenen kennt man ja und das ist langweilig.

Während sich meine Frau naturgemäß darauf beschränkte, „Fachgespräche" mit jungen Müttern zu führen und Hannah und Jonas ab und zu sich zu rufen, um sie mal durchzuknuddeln und ihnen einen Keks und die Trinkflasche in die Hand zu drücken (Caress & Catering), versuchte ich, sie in die Geheimnisse der Spielaufbauten und Geräte einzuführen und ihnen beizubringen, was sie dürfen und was nicht (Entertainment & Education). Eine durchaus aufreibende Aufgabe, zumal man nicht nur stetig beide im Auge haben muss, damit sie nicht verunfallen, an hat auch die Verantwortung dafür, dass die kleinen Terroristen soziales Verständnis entwickeln und lernen, dass es falsch ist, andere Kinder abzuwatschen, nur weil sie zur gleichen Zeit dasselbe Klettergerüst nutzen wollen …

Etwa zwei Stunden später war die Zeit gekommen, zu der wir unsere Enkel nach Hause zu ihren Eltern bringen sollten. Leider hatte sich Hannah mittlerweile in eine Schaukel verliebt und absolut keinen Bock, das Gerät zu verlassen. Während Jonas die Aussicht auf Autofahren ein Lächeln ins Gesicht zauberte, gab Hannah die Verzweifelte … schließlich musste ich mich durchsetzen (ich war durchgeschwitzt und hungrig und hatte keine Lust auf großes Drama). Ich nahm Hannah unter den Arm, trug sie zum Auto und schnallte sie in den Kindersitz. In Anbetracht meiner überlegenen Kraft hatte Hannah, scheinbar überaus beeindruckt, gar auf Geschrei verzichtet und sich ihrem Schicksal ergeben.

Meist fährt meine Frau, und ich sitze auf dem Beifahrersitz. Hannah sitzt immer hinten links, in unserem Auto und schaut mich in der Regel unverwandt an, bis wir zu Hause sind. So auch diesmal, doch waren ihre Augen halb geschlossen und schienen zu sagen. „Du bist tot, Alter!" Jonas war nach wenigen Minuten eingeschlafen …

Wo man überall Sand haben kann, darüber habe ich mich beim Duschen gewundert ... und ich bin dabei fast eingeschlafen …

Vollmondtraum

Die grauen Wolken
vor dem tiefschwarzen Himmel
wagen nicht, den vollen Mond zu berühren,
formen seine mystische Korona.
Da ich versuche seinem Blick zu bestehen,
verlieren sich die Gedanken im fahlen Glanz.

Mein Herz schwingt sich auf
in interstellare Sphären
und die Dunkelheit
weicht rostfarbenen Wolken
vor gelbem Firmament.
Ich atme oranges Licht und spüre,
wie die Glut in mir zur Lohe entfacht,
ungestüm und heiß.

Die Seele schwebt
in Leidenschaft und Verlangen.
In sehe diese Augen,
Spiegel der Ewigkeit
über schwarz glühender Erregung,
bedrohlicher Lust und wollüstiger Angst.
Süß prickelnde Verderbtheit,
alles verlangende Begierde.

Atemloser Fall
in unbekannte endlose Tiefen,
orgastischer Tod,
schweißnasses Erwachen…

Sommerhitze

Ich habe eine überaus unruhige Nacht hinter mir! Wollte zunächst einfach nicht müde werden und die Hitze tat dann das Übrige. Irgendwann, die Sonne war schon aufgegangen, muss ich dann wohl doch eingeduselt sein ... um dann umso heftiger wieder aus dem Nirwana gerissen zu werden!

Ich träumte, ich stand nackt an einer Kaimauer und riesiger Tanker steuerte genau auf mich zu ... und wie das eben so ist, in solchen Träumen: Man kann irgendwie nicht weglaufen! Die gigantische rostige Bordwand stieß nun mit ohrenbetäubendem knallartigem metallischem Kreischen gegen die Kaimauer und exakt in dem Augenblick, als ich zerquetscht werden würde, erwachte ich schweißüberströmt!

Noch während ich versuchte mich zu orientieren und die Panik abzuschütteln, hörte ich genau dieses markerschütternde Geräusch wieder! Da ich nun realisiert hatte, dass ich in meinem Bett saß und dass dieses unbeschreibliche Dröhnen nicht aus unserem Schlafzimmer kam, blieb nur das nebenan gelegene Arbeitszimmer und da exakt in diesem Augenblick scheinbar abermals ein UFO auf dem Rasen zerschellte, stürzte ich aus dem Bett, hinüber in eben dieses Arbeitszimmer und erblickte durch das weit geöffnete Fenster .... SIE!

Meine allzeit grell geschminkte Nachbarin stand, im viel zu kleinen hauchdünnen quietschgelben Morgenmantel, auf dem Balkon gegenüber. Ihre Frühstückszigarette qualmte in einem Aschenbecher auf der Balkonbrüstung still vor sich hin und vom untersten Ast des Baumes vor ihrem Balkon schauten drei Meisen ängstlich zu ihr hinüber. Sie stand in leicht gebückter Haltung direkt neben dem Futterhäuschen. Ihr ampelroter Mund war aufgerissen und wirkte mit dem verschmierten Lippenstift seltsam verzerrt. Aus dem mir zugewandten Augenwinkel floss ein kleines schwarzes Rinnsal über die Wange und ihre Nasenwurzeln kräuselte sich verkrampft zwischen den mit grünem Lidschatten und breitem Kajal gerahmten Augen, die, weit aufgerissen, in ein zerfleddertes Papiertaschentuch starrten, dass sie wie ein Buch vor ihrer Brust hielt. Meine Gänsehaut kannte keine Grenzen, als sich ihr Oberkörper plötzlich aufrichtete, nach hinten überstreckte (was ihren gewaltigen Vorbau fast gänzlich freilegte) um dann, von eben diesem schauerlich urzeitlichen Geräusch begleitet, wieder nach vorne zu schnellen und eine kleine deutlich sichtbare Wolke Feuchtigkeit durch den Zellstofffetzen zu blasen! Die drei Meisen waren panisch aufgeflattert und ich bin mir nicht ganz sicher, ob nicht für den Bruchteil einer Sekunde die Wipfel der Bäume in der Umgebung durchgeschüttelt worden waren …

Die drei Meisen hatten sich wieder auf dem Ast niedergelassen, waren nun aber deutlich enger zusammengerückt und während ich begann, darüber nachzudenken, wie man so brutal niesen kann, ohne Verletzungen in der Nackenmuskulatur oder im Hirn davon zu tragen, starrte sie fasziniert zunächst in die in ihren Händen verbliebenen Reste des Papiertaschentuches und anschließend interessiert direkt in ihre Hände. Bevor mich ein neuer Schauer schütteln konnte, vernahm ich die Stimme des gerade volljährig gewordenen Nachbarsohnes, der da vom Weg zum Balkon hoch fragte: „Na, Marita, zappelt es noch?" Der erwartete Schauer kam heftiger als befürchtet...

Als ich mich nun, zwar wach, aber wirklich nicht guter Dinge, vom Fenster abwandte vernahm ich, wie die fragile Pressluftfanfare in ihrer Kehle säuselte: „Isch gäb dir gleisch „zappelt", dann zappelst du äwwer, wenn isch disch dazwischen krisch!" Für Nichtköllner: „dazwischen kriegen" heißt hier in der Umgangssprache so viel wie „erwischen" ... nicht was ihr meint! Stellt euch das lieber nicht vor!

...

Feuer

Es ist dieses wundervolle Feuer,
das in der Seele brennt,
mystisch und geheimnisvoll,
eindringlich heiß.
Es verursacht Unruhe,
Erwartungen, Hoffen, Sehnsucht,
Spannung, Tatendrang, absoluten Lebenswillen,
Rock 'n' Roll.
Ich will diesen Tag

Nach unwetterreicher Nacht liegt die Welt in dampfender Nässe. Der Leib schwer und feucht, der Geist erschöpft ob unruhigen Schlafes.

Mein Spiegelbild gab jeden unseriös gelebten Tag als Grafik auf meinem Antlitz wider ... ich war Gott sei Dank zu müde, um darüber nachzudenken.

Die ersten Schlucke starken Kaffees ließen die Aggregate im Bereich meines Solarplexus anlaufen ... was augenblickliches Transpirieren zur Folge hatte. Also trollte ich mich wieder ins Bad und vermied dabei bewusst, erneut in den Spiegel zu schauen.

Die angenehm temperierte Dusche brachte mich fast zurück an den Einschlafpunkt, wodurch sich mein Kinn auf die Brust senkte und ich zwangsläufig an mir herunterschaute. Und ich erkannte, dass meine Philosophie über das Vermeiden runzeliger Haut im Alter nun ein Umdenken erfordert: Bisher hatte ich mir eingeredet, dass man ab dem fünfzigsten Lebensjahr kontinuierlich ein Kilo pro Jahr zunehmen müsse, um die natürliche Faltenbildung abschwächen und länger jugendlich aussehen zu können ...

Mein Körper ist zwar faltenlos und straff, aber wenn ich so weiter mache, kann ich in wenigen Monaten meine primären Geschlechtsmerkmale vermutlich nur noch dann optisch wahrnehmen, wenn ich mich vor einen Spiegel stelle ...

Um wieder einen klaren Kopf zu bekommen, re-gulierte ich das Duschwasser auf „kalt", was mir dann unmittelbar einen ungefähren Eindruck von dem vermittelte, was ich mir kurz zuvor ausgemalt hatte ...

Ich bin nun einigermaßen wach und verdamme meine Eitelkeit ... trotzdem werde ich gleich meinen Crosstrainer quälen ... so ein, zwei Kilo sollte ich schon wieder abnehmen ... aber vielleicht sollte ich erst einmal frühstücken ... Speck, Eier, Toast ...

Vampirbrötchen

Ein herrlich frischer Sommervollmondmorgen ... ich habe geschlafen wie ein Stein und nach dem Erwachen weder Fellreste noch ausgefallene Reißzähne im Pupsack gefunden.

Die bei 9°C weit geöffneten Fenster zwangen mich allerdings, einen Morgenmantel anzuziehen. Natürlich bin ich noch nicht bis in die letzte Faser meines Körpers bereit, mich den Abenteuern dieses Tages zu stellen, aber ich arbeite daran ...

Ein wenig half mir dabei schon ein halbes Marmeladenbrötchen, das mir aus der Hand "fluppte", gerade als ich hinein beißen wollte. Man kennt das ja: Es klebt dann über Nase, Mund und Kinn und wenn man es wieder "abpflückt", "fluppt" es meist noch einmal aus der Hand ... und man grabscht hektisch nach dem klebrigen Teil, damit es nicht auf den Boden fällt ...

Dann hat man es gefangen und sich dabei vom allerfeinsten eingesaut ... und das Brötchen sieht aus, als sei ein Trecker drüber gefahren, so dass man es nicht mehr essen mag.

Als ich mich mit einigen, hastig von der Küchenrollen abgerissenen Zellstofftüchlein provisorisch gereinigt hatte, war das halbe Brötchen jedoch spurlos verschwunden ... allerdings nur kurz ... dann merkte

ich, wie es sich schräg hinter mir von der Arbeitsplatte fallen ließ und sich mit einem satten "Flapp"
auf meinem Fuß festsaugte ... das Miststück! Vam-
pirbrötchen, dachte ich ... is ja Vollmond ... ich hab
dann einen Holzzahnstocher durch sein Herz ge-
bohrt und es dem Abfalleimer übergeben

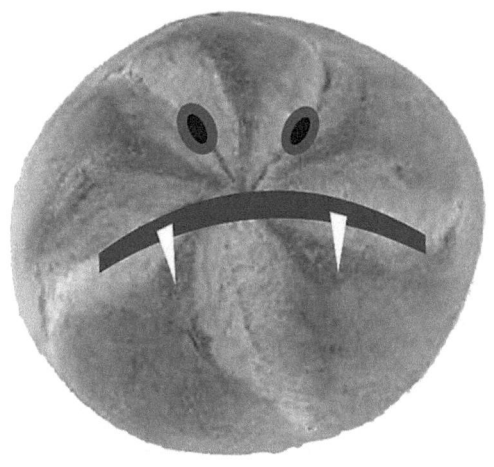

Jeder Tag ist es wert,
gelebt zu werden ...

Schräubchen

Als ich, von natürlichen Bedürfnissen gezwungen, mein Kompostierfutteral in Richtung Fliesenstudio verlassen hatte, trat ich auf ein Schräubchen, das mir gestern Abend heruntergefallen und dann unauffindbar geblieben war. Mir ist unerklärlich, wie es über Nacht mitten in den Flur gelangen konnte, den ich gestern Abend doch Zentimeter für Zentimeter erfolglos abgesucht hatte. Unglaublich auch, was so ein winziges Ding auslösen kann, wenn es sich unerwartet in die nackte Fußsohle bohrt.

Zuerst fühlte ich nur ein winziges Pieken in der Fußsohle (ich war ja auch noch nicht richtig wach). Als ich mich gerade darüber wundern wollte, muss mein Unterbewusstsein realisiert haben: "Der merkt nichts, der Depp, der tritt sich das Ding noch richtig ins Fleisch ..." (mein Unterbewusstsein kann ja nicht sehen, wie winzig das Teil ist) und hat wohl sämtliche IT-Anbindung an mein reales Bewusstsein auf maximale Übertragungsbandbreite und -Intensität geschaltet. Was dann in Nanosekunden durch Fuß, Bein und Rückenmark in mein eigentlich noch nicht empfangsbereites Hirn knallte, könnte man wohl mit einer von sonnenhellem Lichtblitz begleiteten Explosion vergleichen, die auf die Innenseite meiner Stirn einbrannte: "Du verlierst deinen Fuß!"

Das wiederum hatte zur Folge, dass sich mein

Fuß umgehend hilfesuchend in beide Hände begab.

Das böse Schräubchen fiel dabei vom Fuß ab. Augen und Ohren folgten dem Geräusch, das Unterbewusstsein schrie "Fangen! Vernichten!" und gab gleichzeitig den Fuß wieder frei, wohl um maximale Leistung für die Jagd sicherzustellen ...

Die Trägheit des Körpers war jedoch dem wieselflinken Agieren des Schräubchens unterlegen und so war dieses nun wieder aus meinem Gesichtsfeld getanzt. Die Ohren hatten jedoch die Peilung beibehalten und meinem Hirn eine Position schräg hinter mir gemeldet. Jenes ließ mich daraufhin herumwirbeln (wohl um zu vermeiden, dass sich das gejagte Schräubchen plötzlich tot stellen könnte und dann wohl akustisch nicht mehr zu orten wäre) und fing die dadurch verursachte Instabilität in meiner Standfestigkeit mit einem Ausfallschritt auf.

Zuerst fühlte ich nur ein winziges Pieken ... was dann in Nanosekunden durch Fuß, Bein und Rückenmark in mein eigentlich noch nicht empfangsbereites Hirn knallte, könnte man wohl mit einer von sonnenhellem Lichtblitz begleiteten Explosion vergleichen, die auf die Innenseite meiner Stirn einbrannte:

"Du bist schon wieder reingelatscht, du Depp!"

Seit gestern Abend hat die Luftfeuchtigkeit die 80-Prozent-Marke überschritten. Ich erwache mit bleischwerem Körper. Aus halbgeöffneten Augen meine ich unscharf zu erkennen, wie eine Mücke beim Versuch mich zu stechen, jämmerlich im Schweiß auf meiner Brust ersäuft. Ich rolle mich vorsichtig auf die Seite, um mein Nachtlager möglichst langsam und mit wenig Anstrengung verlassen zu können, und schleppe mich in Richtung Drainagekeramik, auch in der Hoffnung, dass mein Körper danach weniger Flüssigkeit über die Poren abgibt.

Den ultimativen Schweißausbruch hab' ich wenige Augenblicke später dann doch, als ich sehe, was mich aus dem Spiegel über dem Waschbecken anblickt: Die dunklen, tief liegenden Augenhöhlen zwischen einem scheinbar gemeißelten Faltengebirge mit den verfilzt wirkenden Fellresten mittendrin und drum herum lassen fast meinen Atem stocken. Dieses Bild ist so respekteinflößend, dass ich mit dem Gedanken spiele, heute mindestens eine große Tafel Schokolade zu essen, um die Kraterlandschaft in meinem Gesicht ein wenig glätten zu können …

Angewidert schlurfe ich in die Küche und beschließe auf dem Weg dorthin, das Frühstück heute nur auf eine Tasse Kaffee zu beschränken … Appetit habe ich nicht wirklich.

Nun sitze ich am PC, tippe diese meine Morgeneindrücke ins Keyboard und irgendetwas ruft aus einer entfernten Ecke im Hohlraum unter meinem breiten Scheitel: „Lass dich nicht so hängen, du Lusche … die Sonne scheint, mach was aus deinem armseligen Leben!"

Ach ja … ist ja tatsächlich hell draußen … die Gewitter sind weitergezogen …

Ich bin nun wach und kann denken … ab dem zweiten Becher starken, schwarzen Kaffees und dem Sechs-Minuten-Drum-Solo aus „Silly Sally" (von Sweet Smoke) geht's einigermaßen … und dann kommt meine grell geschminkte Nachbarin auf den Balkon schräg gegenüber …

Nachdem sie einen Glimmstängel „unter Glut" gesetzt hat, lehnt sie sich mit dem Unterleib an die Balkonbrüstung und beobachtet mit wachen Augen die Umgebung, während sie den Rauch tief in ihre Lungen saugt, um ihn anschließend genussvoll durch die Nase wieder auszuatmen.

Als sie den Handwerker in blauer Arbeitskleidung wahrnimmt, der in den Fußweg zum Nachbarhaus einbiegt, spannen sich ihre Gesichtszüge und ihre Augen fixieren den Mann, wie man es von Greifvögeln her kennt, die ihr Opfer nicht wieder verlieren wollen. Im militärischen Sprachgebrauch nennt man das „Lock-On" ... Ziel erfasst!

Sie beugt sich nun weit nach vorne und stützt sich mit den Ellenbogen auf der Balkonbrüstung ab. Als der Handwerker sich dem Haus auf etwa zehn Meter genähert hat, wird er durch ihr, wie immer mit dem Charme einer Pressluftfanfare gesäuseltes „Moggäään!" aus seinen bisher offensichtlich angenehmen Gedanken gerissen. Sein Blick schwenkt in ihre Richtung und landet zwangsläufig auf dem überaus freizügigen Dekolleté.

Seine Augen zeigen verhaltenes Entsetzen, als seine Mimik deutlich offenbart, was er denkt: „Ach du Scheiße!"

Während ihre grellgrün schattierten und schwarz gerahmten Augen den Mann weiter starr fixieren, trompeten ihre ampelroten Lippen süffisant lächelnd: „Bess du dr Inschdalladör für Famillisch Schmitz? Die sin nit zu Hus, ääwer isch han dr Schlüssel!" (Übersetzung: Sind sie der Installateur, der zu Familie Schmitz (Namen habe ich geändert) möchte? Die sind zurzeit nicht zuhause, aber ich habe den Schlüssel zur Wohnung).

Als sich der kurzzeitig fassungslose Handwerker wieder im Griff hat, stammelt er: „Ja ... äh ... isch komm dann ma hoch, oder?"

Ihre Antwort (während sie siegessicher lächelnd die Zigarette im Aschenbecher ausdrückt): „So schnell?!"

Der Gesichtsausdruck des Mannes offenbart, dass es ihn viel Mühe kostet, das Verlangen zu unterdrücken, die Werkzeugkiste fallen zu lassen, um schneller fliehen zu können ... als er sich dann aber zögerlich der Haustüre nähert (deren Öffner bereits summt), diese aufdrückt und dann darin verschwindet, hat er all meinen Respekt ... und mein Mitgefühl ...

Wer auf einem festen Platz im Leben wurzelt,
wird auch stärkste Schicksalsstürme überstehen.

Staub

Ich arbeite zurzeit an einer kleinen Skulptur aus keramikähnlichem Werkstoff, der sich zunächst formen lässt wie Ton und nach der Trocknung wie Holz bearbeitet werden kann, bevor er hart wie Stein wird. Den gestrigen Tag verbrachte ich hauptsächlich damit, der mit den Händen geformten Gestalt mit Feile und Schmirgelpapier den „letzten Schliff " zu geben, wodurch natürlich auch eine Menge Staub entstand.

Dieser Staub war Gott sei Dank nicht so fein und leicht, dass er in der Luft schwebte, nein, er fiel gleich zu Boden und ich fegte ihn sporadisch zu einem Häuflein in der Balkonecke zusammen, um ihn dann später einfacher entsorgen zu können ...

Ich male und arbeite auf dem Balkon gerne nur mit Shorts bekleidet. Zum einen saut man nicht so viele Kleidungsstücke ein, zum anderen genieße ich die Blicke meiner Nachbarinnen (Scherz! Oder?).

Irgendwann wurde der Wind heftiger und mein gebräunter Oberkörper signalisierte mir, dass ihm kühl werde. Da es auch schon spät am Nachmittag war, entschloss ich mich, die Arbeiten für diesen Tag einzustellen und holte Kehrschaufel, Abfalltüte und den Staubsauger, um das Staubhäuflein zu entsorgen.

Ich lud also den größten Teil des kleinen „Kalkberges" auf das Kehrblech und richtete mich dann auf, um nach dem Abfallbeutel zu greifen, der etwa einen Meter hinter mir auf dem Tisch lag ... genau in diesem Moment kam sie ... die Böe ... und ich sah fassungslos, wie der Staubhügel auf dem Kehrblech regelrecht explodierte, konnte gerade noch die Augen schließen, bevor mich die weiße Wolke erreichte und abwarten, bis der Windzug nachgelassen hatte...

Als ich die Augen wieder öffnete, tänzelten die letzten Staubpartikel in leicht bewegter Luft Richtung Balkonboden, der zu meiner Überraschung fast sauber war ... erst, als ich die Stimme einer Nachbarin vernahm (der anzumerken war, wie sehr sie lautes Lachen unterdrückte), bemerkte ich, dass die Schweißfeuchte auf meinem eigentlich dunkel gebräunten Gesicht und Oberkörper fast sämtlichen Staub gebunden hatte, und meine Nachbarin quietschte überaus vergnügt:

„Hey Pitter, han se disch jeschält??" (Für Nichtkölner: Hallo Peter, hat man Dich geschält?)

Ich war nicht böse auf meine Nachbarin, nein, ich hätt' sie liebend gerne mal fest gedrückt...

Fingerfarben

... ich glaube, ich sollte in den nächsten Tagen einfach liegen bleiben. Dieser halbschlafähnliche Zustand, der mich zurzeit täglich bis fast mittags im Griff hat, fördert Missgeschicke, die meiner Gesundheit nicht wirklich zuträglich erscheinen. Ich habe mir gerade die Zunge am Kaffee verbrannt, jetzt schmerzt sie und mein Brötchen schmeckt nach absolut gar nichts ...

Gestern Vormittag habe ich meine kleine Skulptur (deren Schleifstaub mich ja schon einmal gepudert hatte) mit einem schnell trocknenden und stark deckenden Metalleffektlack gestrichen ... meine Fingerkuppen natürlich zum Teil mit. Der Versuch, mich wieder vom Lack zu reinigen, brachte die ernüchternde Erkenntnis, dass sich das Zeug von der Haut zwar einigermaßen entfernen lässt, die Fingernägel ihre neue Farbe aber weder mit Verdünner, noch mit Benzin wieder hergeben wollen ... was natürlich einem meiner „Lieblingsnachbarn" auffiel, als ich vom Müllrausbringen zurück kam ... Als ich seinem Blick folgte, wusste ich, dass mit seinem süffisanten Lächeln genau diese Frage kam:

„Schicker Nagellack, Pitter, häste die Partei jewechselt?" (Für Nichtkölner: Schicker Nagellack, Peter, bist du jetzt schwul geworden?)

Meine Antwort, „Man muss an sich arbeiten,

wenn man im Showgeschäft ganz oben bleiben will",
ließ ihn dann wirklich nachdenklich erscheinen und
als die Haustüre hinter mir ins Schloss fiel, war ich
mir sicher, dass er den Spaß so schnell nicht verstehen und noch ein Weilchen über meine Ambitionen
im Showgeschäft nachdenken würde ...

Guten Morgen

Ich wünsch' euch
einen guten Morgen
zu einem Tag,
der ohne Sorgen
und auch Kummer
enden mag.
Er soll euch
gute Laune geben,
Wohlgefühl
und Spaß am Leben ...

Morgendliches Ungeschick

Als ich vor 3 Stunden meine Kompostiertüte verließ, war ich noch ziemlich guter Dinge ... dann stieß ich aber einmal mehr mit dem kleinen Zeh gegen den Sockel meines Crosstrainers, was trotz der Kühle Hitzewallungen in meinem unbekleideten Leib auslöste ... aber auch diese wundervolle Illusion des Davonschwebenkönnens, als der Schmerz nachließ ...

Die heiße Dusche, der starke Kaffee, die Heizung und "angemessene" Kleidung (Pulli!) brachten dann aber das ursprüngliche Wohlbefinden wieder zurück ... so lange, bis ich nach dem Müllrausbringen mit dem lädierten Zeh gegen eine Treppenstufe stieß ... nicht sehr fest, aber du hast sicher auch schon erlebt, was in einem Körper vor sich geht, wenn man sich kurz hintereinander wiederholt die selbe Stelle anstößt (was ja komischerweise häufiger vorkommt):

Der Schreck ist diesmal blankes Entsetzen und in deinen Tränen schwimmen bunte Sternchen. Du hörst deinen eigenen Atem überlaut ... eigentlich mehr ein gehaucht geheultes Stöhnen. Alle Kraft des Universums scheint in ein Vakuum zu implodieren, deine Beine zittern und du musst dich anlehnen oder setzen und glaubst, dass dir übel und dich alsbald Ohnmacht übermannen werde.

An diesem Punkt angekommen, merkst du dann, dass dar gar nicht so weh tut und realisierst, dass es eigentlich nur der Schreck war, eine Schutzreaktion deines Unterbewusstseins, was dieses Empfinden ausgelöst hat ... und du fühlst Dich plötzlich unendlich erschöpft.

Ich wischte die Tränen aus den Augen und war glücklich, feststellen zu können, dass niemand mein Missgeschick beobachtet hatte ... dachte ich ...

Ich sprang auf die Beine und wandte mich, um die Treppe vollends hinaufzusteigen, als ich auf dem oberen Treppenabsatz einen Nachbarn bemerkte, einen ehemaligen Bühnenschauspieler. Jener schien mich nachdenklich und mitfühlend zu betrachten, doch sah ich, wie seine Augen lachten, als er sagte:

"Das war großartig - ich habe selten jemanden so wundervoll sterben sehen!"

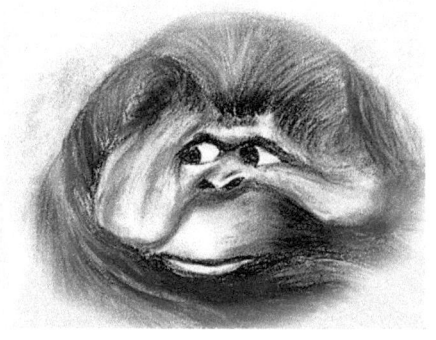

Schlicktown Memories

Nach unserem Schulabschluss im Sommer 1967 verließen mein Freund und ich die nordbayrische Kleinstadt, in der wir lebten, um in einer norddeutschen Küstenstadt ein zweijähriges Berufspraktikum zu absolvieren. Wie wir es geschafft hatten, im zarten Alter von 17 Jahren an die von unserer Heimatstadt am weitesten entfernten Praktikantenstellen zu kommen, ist eine Geschichte für sich. Der Onkel meines Freundes lebte jedoch in der Küstenstadt und hatte kräftig an allen möglichen Schräubchen gedreht und unter anderem auch unsere Eltern mit überzeugt.

Uns schien das Paradies zu erwarten: Raus aus dem Mief des prüden, streng katholischen Klüngels, in welchem man nicht mit dem Auge zwinkern konnte, ohne dass es der gesamte Ort mitbekam, hinein in eine Welt in der die „sexuelle Befreiung" der Love Generation gerade Einzug hielt.

Wir sollten für die Dauer des Praktikums im örtlichen CVJM-Heim wohnen. Als wir jedoch ankamen, teilte uns der überaus verständnisvolle Onkel meines Freundes (der selbst einen Sohn in unserem Alter hatte) mit, dass er uns erst zwei Wochen später im Wohnheim angemeldet habe und sein Sohn uns mit zwei Zelten auf einem Campingplatz direkt am Strand erwarte. Dort angelangt war uns klar: Wir waren im Paradies: Herrliches Wetter und Mädels, soweit das Auge reichte…

Nach einem wundervollen Strandtag, machten wir uns frisch und fuhren mit dem Bus in die Stadt um den angesagtesten Schuppen aufzumischen.

Dieser war gestaltet wie ein Westernsaloon, mit zwei Schwingtüren am Eingang. Mein Freund und ich waren nicht all zu groß und konnten daher nicht über diese Schwingtüren hinweg sehen, was uns nicht gut bekommen sollte. Direkt dahinter fand nämlich gerade eine deftige Prügelei statt. Durch das Aufdrücken der Schwingtüren nach innen, waren einige der Kontrahenten wohl behindert worden oder fühlten sich gar angegriffen … jedenfalls sah ich die Faust zu spät, um ihr noch ausweichen zu können. Meinem Freund ging es ähnlich. Fassungslos saßen wir auf dem Bordstein, jeder mit einem dicken Auge.

Einsichtigerweise bliesen wir die Hasenjagd ab, fuhren zurück an unseren Strand und verbrachten die Folgetage mit Veilchenpflege.

Dann bezogen wir unser Zweimannzimmer im CVJM-Heim. Im Erdgeschoß des Haupthauses wohnten Studenten und Praktikanten, im ersten Stock Lehrlinge und dann gab es noch einen Trakt, in dem Mädels wohnten und einen weiteren für junge Männer, die nicht unbedingt für ihr einfühlsames Sozialverhalte bekannt waren.

Kein Tag verging ohne irgendwelche Streiche.

Ob man den Kleinstwagen des Heimleiters (eine BMW Isetta) zwischen zwei Säulen in der Eingangshalle abgestellt oder das Mofa des Hausmeisters auf den Fahnenmast gezogen hatte, ob Motorräder über Nacht in ihre Einzelteile zerlegt oder Türklinken mit allerlei „Cremes" bestrichen wurden ... wir lernten gezwungenermaßen sehr schnell, auf der Hut zu sein.

Wenn man spät nachts nach Hause kam, war es überaus beliebt, durch eine einfache Durchreiche in die Küche einzubrechen und sich noch mal richtig satt zu essen. Aufgrund der Menge der dort gelagerten Lebensmittelvorräte wäre das wohl kaum aufgefallen, es gab aber immer ein paar Knalltüten, die sich irgendwelche Scherze einfallen ließen: Sie verbargen gespannte Mausefallen oder rohe Eier in den Kittelschürzen des Küchenpersonals, stellten gefüllte Wassereimer auf halb geöffnete Türen oder bestrichen den Boden hinter dem Eingang mit Schmierseife.

Am einfallsreichsten jedoch bekriegten sich Studenten und Lehrlinge untereinander. Es kam oft vor, dass in einem Stockwerk irgendetwas gefeiert wurde, was den Bewohnern der anderen Etage dann zu laut war oder einfach nur zuwider, weil sie nicht eingeladen waren.

So passierte es, dass ein paar Lehrlinge den Geburtstag ihres Kumpels auf dessen Zimmer feierten, was einige Studenten im Erdgeschoß darunter störte. Nachdem die Lehrlinge den Ruhebitten der älteren und daher körperlich überlegenen Studenten nicht nachgekommen waren, machten sich einige von ihnen auf den Weg, um körperliche Überzeugungsarbeit zu leisten. Jedoch war nur einer der Jungs nicht schnell genug entkommen. Das arme Kerlchen musste also auch die Prügel für seine Kumpels mit einstecken.

Am nächsten Morgen fand ich ungewöhnlich viele Mitbewohner in der Dusche vor, die fluchend ihre Oberschenkel und Hinterteile schrubbten, meist mit Nagelbürsten und aus den Toiletten drang ein übler Geruch. Der am Vorabend Verdroschene hatte wohl in der Nacht die Klobrillen sämtlicher Toiletten in der Studentenetage mit schwarzer Schuhcreme eingerieben und, zu allem Überfluss, unter die Sitzringe leicht durchhängend durchsichtige Zellophanfolie gespannt. Danach hatte er wohl einige Leuchtkörper gelockert, so dass die Folie nicht auffiel.

Die lieben Kameraden, die sich als erste auf die Zylinder setzten, wurden nicht nur durch Schuhcreme eingefärbt, sondern auch mit ihrem „Ausdruck" beschmutzt.

Die Rache ließ natürlich nicht lange auf sich warten: Die lieben Studenten passten einen Abend ab, an dem der „Übeltäter" mal einen über den Durst getrunken hatte. Sie warteten bis er eingeschlafen war, trugen dann zu acht sein Bett samt Inhalt überaus vorsichtig in den Speisesaal und stellten es unter den dort befindlichen Konzertflügel ... dann hauten sie in die Tasten was das Zeug hielt und überließen den jungen Mann seinem Schicksal ... der hatte für einige Tage ein wundervoll schillerndes Hörnchen auf der Stirn ... und sicher auch ein wenig Pfeifen im Ohr...

Ich zog nach etwa 4 Monaten aus dem Heim aus!

Ferienzeit

Wenn's dunkel ist und Lichtlein brennen,
sieht man gar putz'ge Wichtlein rennen,
in cooler Kluft, von Tür zu Tür.

Sie klingeln schließlich auch bei dir.
Drückst du den Sprechanlagenschalter,
klingt's glockenhell: „Ey, fick disch, Alder!".

Und plötzlich weißt du dann Bescheid:
Es ist mal wieder Ferienzeit!

Ein Sommertag

wie ich ihn mag!

Die Sonne, sie schien permanent,
vom wolkenlosen Firmament.
Ein warmer Wind hat mich umschmeichelt,
mir Rücken und den Po gestreichelt.

So splitternackt fühlt' ich mich wohl!
Ein Wesperich fand's nicht so toll.
Hat den Nichtangriffspakt gebrochen
und mich in den Arsch gestochen.

Ob ich auch liege, sitz' und steh'
tut mir rechte Backe weh.
Doch bin im Nachhinein ich froh,
dass aufm Bauch ich lag,
statt aufm Po ...

*Wenn Gefühle zu Stürmen wachsen,
dann lass' dich mitreißen,
denn es ist lebenswerter, Herz und Seele Blessuren er-
leiden zu lassen, als sie einzusperren ...*

Besuch

… das Erwachen bedarf heute scheinbar übermenschlicher Anstrengung. Wie feuchtschwere Nebelschwaden ziehen die Schleier der Unendlichkeit immer wieder vor aufkommende Gedanken und hindern die Glut in mir, zu einem Feuer zu entfachen. Sekundenweise fällt der vermeintlich überschwere und unbewegliche Körper zurück in den komatösen Schlaf der vergangenen Nacht. Nur langsam kehrt das Bewusstsein zurück - und die Erinnerung…

Was für ein Wochenende! Vier Tage lang Besuch - tagsüber shoppen, abends Veranstaltungen besuchen, davor, dazwischen und danach viel Essen und Trinken. Ich fühle mich, als hätte ich in diesen vier Tagen den Nanga Parbat bestiegen … und draußen vor dem Fenster ist es grau und trist…

Es ist nun der dritte Becher Kaffee, der mich in die Lage versetzt, diese Zeilen schreiben zu können. Das Feuer in mir beginnt wieder zu brennen und vertreibt den Dunst aus dem nassen Sack, der mich scheinbar umgibt. Noch ein Schluck, schwarz, heiß und stark - aus den Lautsprechern dringt Mellencamp…

„Ain't no golden gates gonna swing open, ain't no streets paved in natural pearl, ain't no angel with a harp comin' singin'…"

Das ist mir jetzt aber scheißegal, Alter - weiterklicken, nächster Titel … „There's a young man in a t-shirt, listening to a rock 'n' roll station …"

Ja, das geht ab! Wer braucht schon gutes Wetter, wenn er gute Musik hat!?

Hallo Leben – hallo, all ihr schönen Gedanken

Pfrunda

Unsere Urlaube bucht und organisiert in der Regel meine Frau, die in der Touristik arbeitet. So flogen wir Anfang der 90er in die Südtürkei, um 2 Wochen in der Nähe von Side zu verbringen. Das Hotel war fantastisch, es gab jedoch, was ich erst nach der Ankunft erfuhr, ein alltägliches Animations- und Unterhaltungsprogramm.

Was diese Dinge angeht, bin ich eine absolute Spaßbremse, besser gesagt: Ich hasse Animation. Da das Hotel nicht all zu groß war, wurde das gesamte Programm von einer einzigen Person gestaltet: Pfrunda, einer zierlichen Türkin um die 20, mit einem bildhübschen Gesicht und großen ölig dunklen, runden Kindchenaugen.

Pfrunda war absolut unaufdringlich mit ihrem Programm, lediglich, wenn sie nachmittags in ihre Trillerpfeife blies und dann über den Strand rief: „Auf geht's ihr Luftpumpen - Volleyball!", fühlte ich mich angesprochen … ich spiele für mein Leben gerne Beachvolleyball.

Pfrunda schien in meiner Frau und mir so eine Art Elternersatz zu sehen und sich in unserer Nähe sehr wohl zu fühlen. So war ich nicht weiter überrascht, als sie sich eines Tages wieder zu meiner Frau auf die Strandliege setzte und ein wenig Smalltalk suchte. Irgendwann fragte sie mich: „Heute Abend

ist Modenschau! Bademoden - machst du mit?"
Nachdem ich lächelnd aber bedauernd abgelehnt
hatte, füllten sich diese wunderschönen Kindchenaugen mit Tränen und sie erzählte stockend, dass sie
beim Hotelbesitzer in Ungnade gefallen war und mit
dieser Modenschau eine letzte Chance bekommen
habe, sich als Animateurin zu bewähren - leider be-
käme sie nicht genug Männer zusammen...

Meine herzensgute Frau, die die Kleine mittlerweile in ihren Armen hielt, sagte vorwurfsvoll in
meine Richtung: „Nun stell' dich nicht so an…" und
der Blick, der mich dann aus Pfrundas Augen erreichte, brach mir schier das Herz. Ich kam mir vor
wie ein Verräter und, um dem Moment die Tragik
zu nehmen, entgegnete ich albern: „OK, wenn si-
chergestellt ist, dass mich niemand erkennen wird,
mach' ich das Nummerngirl…" Als ich das Leuchten in Pfrundas Augen wahrnahm, bereute ich augenblicklich, was ich da leichtsinnigerweise von mir
gegeben hatte. Aber gesagt war gesagt und ich stehe
immer zu dem was ich sage...

Das Angenehme war: Es gab nur einen Umklei-
deraum … für Jungs und Mädels. Das Unangenehme: Auch ich musste mich hier umziehen.

Pfrunda schminkte mich fast eine halbe Stunde
lang, setzte mir eine riesige Sonnenbrille auf und
eine Art Strohhut. Sie hängte mir an kaum sichtba-

ren Nylonfäden ein kistenartiges Gebilde über die Schultern, welches den Intimbereich verdeckte. An diesem Gebilde, konnten vorne, rechts und links Schilder befestigt werden, welche die Kategorie der als nächstes vorgeführten Kleidungsstücke ankündigen sollte. Hinten hatte die Kiste eine Klappe, die man mit einem unsichtbaren Nylonfaden öffnen konnte, wodurch der Blick auf den Po freigegeben wurde. Pfrunda verlangte nun, dass ich meine Badehose ausziehen solle, damit man meinen nackten Po sehen könnte, wenn ich die Klappe öffnete. Als ich anhob, ihr sagen zu wollen, dass ich meine Badehose auf keinen Fall ausziehen wollte, füllten sich diese Kindchenaugen wieder mit Tränen … also war ich still und zog meine Badehose unter der Kiste hervor.

Ich hatte nicht die geringste Ahnung, wie ich aussah. Die Schilder an meiner Kiste kündigten einteilige Badeanzüge an, der schwere Vorhang öffnete sich und ich tat zwei Schritte auf die stockdunkle Bühne … ein Spot flammte auf, und ich stand in einem gleißend hellen Lichtkegel.

Verhaltener Applaus, dann amüsiertes Gelächter … und, als ich meinen Weg durch die Tischreihen begann, wie es mir aufgetragen worden war, begann das Volk zu johlen. Man musste mich wirklich toll hergerichtet haben. Als ich die ersten Tische erreichte sah ich in hellauf lachende Gesichter und als ich dann auf einen Tisch mit älteren Damen zu lief, bemerkte ich aufrichtige Erregung in deren Augen … also drehte ich mich herum, öffnete die Heckklappe und gönnte den wilden alten Mädels einen Blick auf meinen Po … ich hatte den Eindruck, dass sie nun außer Atem gerieten …

So lief ich meine Runde und die Heiterkeit der Hotelgäste kannte keine Grenzen. Von weitem sah ich meine liebe Frau, die sich wie die Urlaubsbekannten an ihrem Tisch auch, scheinbar vor Lachen bog…

Insgesamt vier Durchgänge hatte ich zu absolvieren. Spätestens nach den Dritten war ich wohl der Star des Abends. Sobald ich aus dem Vorhang ins Scheinwerferlicht trat, steppte der Bär … die Leute pfiffen, johlten und klatschten…

Die Vorstellung war endlich zu Ende, Pfrunda hatte mich dankbar und unter Tränen in den Arm genommen und mich dann abgeschminkt. Als ich, nun wieder normal gekleidet, den Poolbereich betrat, brandete donnernder Applaus auf … ich dachte doch, dass mich keiner hätte erkennen können?

Während ich mich nun dem Tisch näherte, an dem meine Frau saß, musste ich fassungslos feststellen, dass sie und die Urlaubsbekannten immer noch Tränen lachten…

Da die meisten Hotelgäste auch immer noch zu mir herüber schauten, einige gar winkten, wurde ich immer unsicherer. Weil ich mittlerweile wohl recht ärgerlich wirkte, begann man mir zu erklären, was stattgefunden hatte, wobei meine Frau und die Urlaubsbekannten sich immer wieder abwechseln mussten, weil sie vor Lachen kaum sprechen konnten:

Scheinbar hatte Pfrunda mir nur etwas Rouge und Lipgloss aufgetragen, was mich durchaus für alle noch erkennbar hielt. Der Clou war aber wohl, dass ich das kistenartige Gebilde offenbar nicht tief genug hängen hatte, wodurch bei manchen Bewegungen der Blick aufs „Geläut" freigegeben war...

Es kostete mich in den darauf folgenden Tagen doch ziemliche Überwindung, mich in der „Hotelöffentlichkeit" zu zeigen, zumal fast alle, denen ich begegnete, überaus freundlich grüßten und manche gar herzhaft lachten...

Im Westen nix Neues

… war heute seit langer Zeit mal wieder früh genug auf den Beinen, um meine permanent grell geschminkte Nachbarin zu erleben, wie sie im viel zu kleinen quietschgelben Morgenmantel auf dem Balkon gegenüber ihre Frühstückszigarette raucht … hat sich nix geändert!

Die tiefschwarz gefärbten, dauergewellten und sprayschwangeren Haare sind, wie immer, vom Nachtlager zu einer wilden Korona geformt, der fast neongrüne Lidschatten und der breite Kajalrahmen um jedes Auge sind leicht verwischt und geben zusammen mit den knallig ampelroten Lippen dem nikotinblassen Antlitz der Dame den Charme des Abbilds eines Mayapriesters, der seinem Opfer gerade das Herz heraus gebissen hat …

Die nach wie vor fanfarengleiche Stimme, mit der sie, wie gewöhnlich, im dreckigsten Straßenkölsch Nachbarn begrüßt oder, wie auch heute, durch die offene Balkontüre ihren Alten im Wohnzimmer zur Sau macht („…du bess zo blöd zom Fuze, du Luffpump" – übersetzt: du bist zu dumm zum Pupsen, du Luftpumpe) hat nichts an Intensität verloren.

Und auch die aufdringlichen Flirtversuche mit jedem jagdbaren Dreibein aus der Nachbarschaft, das (meist auf dem Weg zur Arbeit) zufällig in der Nähe ihres Balkons vorbei kommt, haben keinen neuen

Touch. Die gierige Art und Weise, mit der sie den Rauch ihrer Fluppe inhaliert (jedes Insekt, das im Umkreis von 30 cm ihren Kopf umkreiste, würde sicherlich durch Zigarette und Filter hindurch in ihren Schlund gesogen) um nach jedem dritten, vierten Zug Teile ihrer Lunge in die Welt brüllen (ein ausgeprägter Bergmannshusten wirkt dagegen niedlich), ist nach wie vor unverändert geblieben.

Im Westen nix Neues, also … ich werde morgen wieder später aufstehen …

Popcorn

Der Mais, der wächst in gelben Körnern
an fast spannenlangen Hörnern.

Erhitzt man dann die reifen Noppen
werden sie gar fröhlich poppen …

Schwein gehabt

Ich wurde durch lautstarke Hektik aus einem Schlaf geweckt, wie man ihn nur nach reichlichem Alkoholgenuss kennt. Was mich beunruhigte, waren die nur zeitweise hörbaren hysterischen Schreie, offenbar von einer Frau. Ich realisierte relativ schnell, dass ich in einem Hotelbett lag und beschloss nachzuschauen, ob ich vielleicht auch durch irgendetwas bedroht war.

Aus dem schmalen Spalt, den ich die Zimmertür geöffnet hatte, erkannte ich, dass eine Handvoll Menschen vor dem Zimmer schräg gegenüber versuchten, ein scheinbar panisches Zimmermädchen zu beruhigen. Ein paar Schritte abseits stand ein Wesen, dessen Anblick mir augenblicklich das Blut in den Adern gefrieren ließ: So eine Art Zombie mit blutigen Bandagenresten, die um einen Kadaver aus Lehm und Abfall geschlungen schienen. Die weit geöffnete Tür hinter ihm gehörte doch zu Tommys Zimmer! Und wie aus dichtem Nebel immer deutlicher werdend, lief der gestrige Abend vor meinem geistigen Auge ab...

Mitte der 70er war Tommy der einzige Discofoxtänzer, den ich in meinem Freundeskreis duldete. Für jene, die damals noch flüssig waren oder gar noch als Klee auf der Wiese standen: Discofoxtänzer trugen meist Schlaghosen über Plateauschuhen und

Sakkos mit breiten Revers über welchen gigantische Kragen bunter Hemden drapiert waren. Sie waren überaus geschniegelte Jungs, hörten Musik von den Bee Gees, tranken Cocktails und wurden von uns Rockmusikanhängern belächelt.

Aber Tommy war in Ordnung und wie das Leben so spielt: Ende der 80er traf ich Tommy mit 2 seiner Kollegen in einer alten Landgaststätte, in der Nähe Münchens wieder. Auch er war geschäftlich hier, wohnte wie ich im Hotel gegenüber und hatte mit seinen beiden Kumpels schon einen Geschäftsabschluss begossen. Es kam wie es kommen musste: Wir feierten, was in uns 'rein ging.

Das Elend begann, als wir etwas taten, was sonst nur Mädels tun: Wir gingen gemeinsam auf die Toilette.

Als wir in Reih und Glied vor den Urinalen standen, begann Tommy plötzlich zu wanken, dann knickten seine Knie ein. Er rutschte, mit der Stirn an den Fliesen abgestützt (was blutige Schrammen hinterließ), so lange nach unten bis er den Spülknopf erreichte, betätigte diesen mit dem rechten Nasenflügel (wobei jener leicht einriss), prallte dann mit dem Kinn auf den Rand des Urinals was ihn nach hinten umwarf und ihm eine kleine Platzwunde am Kopf einbrachte.

Nachdem wir ihn wieder auf die Beine gestellt

und uns versichert hatten, dass es ihm den Umständen entsprechend gut ging, beschlossen wir, dass seine beiden Kollegen ihn ins Bett bringen sollten, während ich die Rechnung begleichen ginge.

Ein röchelndes Winseln lenkte unsere Aufmerksamkeit wieder auf Tommy, der zwischenzeitlich den Hinterausgang geöffnet hatte um sich draußen zu übergeben. Leider hatte Tommy sich mit einer Hand am Türrahmen festgehalten als die schwere Eichentür wieder zu gefallen war.

Wir stürzten zur Tür um sie zu öffnen und Tommy von diesem Schmerz zu erlösen. Als seine eingeklemmte Hand wieder frei wurde, torkelte er zwei Schritte rückwärts und verschwand auffallend plötzlich in der Dunkelheit.

Als der herbeigerufene Wirt mit einer Taschenlampe in die etwa zwei Meter tiefe Baugrube leuchtete, lag dort Tommy auf dem Rücken im Matsch.

Nachdem wir ihn aus diesem Loch befreit hatten, taten wir, was vorher beschlossen worden war: Ich zahlte die noch offene Rechnung und Tommys Kollegen brachten ihn ins Bett.

Was ihm nun am darauf folgenden Morgen dieses Aussehen gab, das so grauenhaft war, dass das sich Zimmermädchen nach einer halben Stunde noch immer nicht beruhigt hatte, erklärten mir Tommys Kollegen so:

Nachdem sie in seinem Zimmer angekommen waren konnte sich Tommy absolut nicht mehr auf den Beinen halten, also ließen sie ihn angezogen und schmutzig wie er war, auf dem Bett liegen. Sie untersuchten seine Wunden, entschieden, dass er ziemliches Schwein gehabt hatte und alles halb so wild sei - und verbanden ihn, da er wohl noch ein wenig blutete, mangels verfügbaren Verbandszeugs notdürftig mit reichlich Toilettenpapier.

Tommy war wohl durch das Klopfen des Zimmermädchens aufgewacht und versuchte gerade schwankend die Toilette zu erreichen, als sie das Zimmer betrat...

Nur wer Melancholie zu leben vermag,
wird Humor wirklich lieben

Schlafwandler

Ich schlafe gerne und versuche daher immer alle Voraussetzungen zu schaffen, dass mein Schlaf möglichst nicht unterbrochen wird.

So habe ich mir auch beispielsweise antrainiert, dass ich, wenn ich nachts mal 'raus muss, den Weg zur Toilette auch in absoluter Dunkelheit finde, ohne dabei wirklich aufzuwachen. Anfangs hat mir das das eine oder andere Hörnchen eingebracht, weil mich wenige Grad Abweichung vom Kurs oft mit dem Türrahmen kollidieren ließen, aber mittlerweile bin ich fast perfekt!

Probleme gibt's allerdings dann, wenn ich nicht zu Hause schlafe und mein Unterbewusstsein sich die geänderte Umgebung nicht eingeprägt hat ... da ist es schon vorgekommen, dass ich in einen Schrank oder gegen eine Wand gelaufen bin. Mein Highlight in diese Richtung habe ich vor einigen Jahren, während einer Geschäftsreise, in einem großen Hotel in München erlebt:

Am Abend eines anstrengenden Verhandlungstages war ich mit Kollegen deftig essen gegangen, wir hatten noch ein paar Gläser Weizenbier inhaliert und ich war dann todmüde in einen komaähnlichen Schlaf gefallen.

Als ich erwachte, stand ich auf dem hell erleuchteten Flur in der 8. Etage! Hinter meiner Stirn flüchteten gerade einige Erinnerungsfragmente an einen Traum, in welchem ich verzweifelt eine Tür gesucht hatte ...

Als ich realisierte, dass ich splitternackt und orientierungslos unter einem hellen Halogenstrahler verweilte und ich Stimmen im nahenden Aufzug wahrnahm, machte sich Panik breit und ich flüchtete in Richtung Treppenhaus ...

Es war, glaube ich, einer der befreiendsten Momente in meinem Leben, als ich, exakt in dem Augenblick, als sich der Aufzug hinter mir öffnete, an einer weit offen stehen-den Zimmertür vorbei kam, deren Benummerung ich als die meine erkannte ...

Böser Hundi!

Köln-Porz, 11.09., 08:30 Uhr

Für Herrn Theissen, einen äußerst peniblen und daher manchmal nervigen Mitmenschen aus dem Nachbarhaus, begann der Tag heute nicht besonders vielversprechend: Just in dem Moment, als er den zweiten Schritt aus dem Haus getan hatte, wurde er vom riesigen Hirtenhund seiner Nachbarin Rita von den Beinen geholt.

Angesichts des wundervoll sonnigen Morgens hatte sich das überdimensionierte Wollknäuel wohl dafür entschieden, sein kleines Mittelgebirge heute einmal nicht in die Blumenrabatten zu drücken, sondern ins nahe gelegene Feld zu kacken. Möglicherweise gab es Grund zur Eile, denn das Tier jagte im ICE-Tempo unter Herrn Theissen hindurch und hatte fast das Ende des Häuserblocks erreicht, bevor Herr Theissen wieder auf dem Boden landete. Ich musste den Vorgang noch einmal in Slow Motion vor meinem geistigen Auge ablaufen lassen, um ihn genießen zu können: Nachdem der Hund Herrn Theissen „passiert" hatte, befanden sich dessen Füße plötzlich über seinem Kopf. Während ein Schuh seinen rechten Fuß verließ und noch etwas höher stieg, blieb sein Aktenkoffer für einen Moment alleine in der Luft stehen, bevor er vor seinem Besitzer den Boden erreichte. Herr Theissen fiel unsanft aufs Gesäß, als sein rechter Schuh in seinem Gesicht landete und die Brille von der Nase wischte.

Nun saß Herr Theissen auf dem Gehweg neben seinem Koffer. Die wenigen und ursprünglich mit Gel gebändigten Haarsträhnen standen fast rechtwinklig von seinem Kopf ab und hätten seinem Aussehen etwas Verwegenes gegeben, hätte ihm da nicht die Brille einen doch eher dümmlichen Habitus verliehen, die noch mit einem Bügel an seinem linken Ohr hing - dazu noch seine verschreckt aufgerissenen Augen im Ausdruck des Verstehen Wollens.

Des Hundes Frauchen war just in dem Moment aus der Tür getreten, als Herr Theissen den Zenit seiner Flugbahn erreicht hatte, und stammelte nun schreckensbleich hinter vorgehaltener Hand: „Böser Hundi …"

Herr Theissen hatte sich mittlerweile wohl gefasst und sprach mit fast schriller Stimme: „Wäiste, wat dat Tier brouch, Rita? En Kett am Bäin, mit esu en Iesekuchel dran!" Dabei formte er mit beiden Armen einen Kreis von etwa einem halben Meter Durchmesser, um verständlich zu machen, welche Dimension die Eisenkugel haben müsste, die man dem Tier ans Bein ketten sollte. Nach diesem Statement strafte er seine verlegene Nachbarin mit Missachtung und versuchte, mit beiden Händen die dünnen Haarsträhnen wieder an den Kopf zu pappen, bevor er seine Brille auf der Nase zurechtrückte. Da er sich nun bückte, um den Aktenkoffer aufzuheben, kapitulierte die wohl vom Sturz geschwächte Mittelnaht des Gesäßteiles seiner dunkelblauen Hose endgültig vor den ungewohnten Belastungen. Als er sich wieder vollends aufgerichtet hatte, genoss ein Teil des weißen Hosenfutters die neu gewonnene Freiheit und wackelte beim Gehen wie ein Stummelschwänzchen …

Ich öffnete das Fenster nun so weit wie möglich, um den peniblen Herrn Theissen auf seine unvorteilhafte Rückansicht aufmerksam machen zu können, jedoch bekam ich keinen Ton heraus … stattdessen krampfte mein Zwerchfell und Tränen liefen über meine Wangen.

Aus den Augenwinkeln nahm ich verschwommen meine grell geschminkte Nachbarin im viel zu kleinen, knallgelben Bademantel wahr, die das Ereignis wohl auch miterlebt hat: Ihr Oberkörper nach vorne gebeugt, lag ihr Kopf mit der Stirn auf ihren Unterarmen, die sie verschränkt auf der Balkonbrüstung abgelegt hatte … ihr Körper zuckte unkontrolliert, sie schien zu schluchzen …

Regentropfen

Der Sims vor meinem Fenster ist bedeckt mit ihnen. Einfache Wassertropfen … jeder voller Magie. Anmutig rund, vermeintlich klar und durchsichtig, spiegelt sich jedoch all seine Umwelt in ihm, birgt und wirft er Schatten und Licht. Da die Sonne zwischen den Wolken hindurch blinzelt, zeigt er uns alle Farben des Spektrums. Zerschellt er, vervielfältigt er sich in viele kleinere Tropfen … und alle verfügen über die gleichen wundervollen Eigenschaften.

Manchmal bilden sie Bäche und Pfützen. Sie fördern Wachstum und Gedeihen und bilden mit dem Licht die Garantie für unser Leben. Manchmal überfüllen sie Flüsse, Teiche und Seen und bringen Tod und Verderben. Regentropfen sind wie Tränen der Trauer oder der Freude, sind Spiegel der Erdenseele.

Die Tropfen auf meinem Fenstersims lachen mich an; einige scheinen mir zuzublinzeln und mir sagen zu wollen: „Nimm Dir diesen Tag, denn er bringt Gutes!"

Ich weiß, dass jeder neue Tag in dieser wundervollen Welt ein Geschenk ist, also werde ich auch diesen kühlen Regentag genießen und die neue Woche in Demut und Dankbarkeit und mit einem Lächeln auf meinen Lippen beginnen.

Zahnpasta

... ist dir das schon einmal passiert: Du machst eine ungeschickte Bewegung beim Zähneputzen, rutscht mit der Zahnbürste von der oberen Kauleiste ab und Zahnpastatropfen spritzen dir ins Gesicht und in Deine Nase ... genau in jenem Augenblick, als du einatmest!!! Nein? Haste aber was versäumt!!!

Zuerst riecht es nur minziger als üblich ... dann beginnt es leicht zu brennen und plötzlich hast du das Gefühl in deiner Stirnhöhle seien Millionen von Ameisen unterwegs ... und alle tragen Fackeln!!

Dieser Wahrnehmungsverlauf entwickelt sich innerhalb einer Sekunde ... dann ist dein Sehvermögen in Tränen ertrunken und du tastest vergeblich nach einem Papiertaschentuch. Dabei räumst du ungewollt den größten Teil des Waschtisches ab und natürlich sind die Papiertücher mit unter all dem Krimskrams, der sich nun gut hörbar über den Badezimmerboden verteilt ...

In deiner Stirnhöhle ist der Haufen fackeltragender Ameisen nun scheinbar in Panik geraten und versengt offenbar irgendwelche Schleimhäute: Es schmerzt und du weinst ...

Dein Überlebenswille lässt dich nach dem nächsten Handtuch greifen (von dem du in etwa weißt, wo es hängt). Deine Erziehung verhindert, dass du hineinschnäuzt, stattdessen wischst du dir nur die

Tränen ab und erkennst für einen kurzen Moment das Päckchen Tempotaschentücher ... bevor ein neuer Tsunami deine Pupillen überflutet.

Den Ort, an dem die Taschentücher lagen im Gedächtnis, bückst du dich, um nach der Packung zu greifen ... und wirst abrupt gestoppt, weil deine Stirn auf die unnachgiebige Waschtischkante trifft ... es ist weniger der Schmerz, als der Schreck, der diese Rückwärtsbewegung einleitet, welche Dich dann unsanft aus Steißbein setzt ...

Deine Erziehung und jegliche Benimmregeln sind dir jetzt scheißegal und du schnäuzt dich schluchzend nun doch ins Handtuch ... sieht eh' keine Sau!!

Der Schmerz lässt langsam nach und die Umwelt nimmt wieder Konturen an ... du erkennst, dass du dich um ein Haar in die Nagelschere gesetzt hättest. Die aufkommende Panik wird jedoch von einem heftigen Niesanfall hinweggefegt ... und wieder kannst Du nichts mehr sehen ...

Noch immer auf dem Boden sitzend lässt du das heftige Körperschütteln über dich ergehen und brüllst Wellen von Niesattacken ins Frottee ... dein Körper ist nicht in der Lage, sich dagegen zu wehren, bis der Zahnpastadämon deinen Körper verlassen hat und jener erschöpft in sich zusammen sinkt ...

Ich hab' jetzt aufgeräumt, meine Nasenneben-
höhlen fühlen sich an, als sei ein ICE durchgepfiffen
und unter dem kalten, nassen Waschlappen auf meiner Stirn prangt ein kleines rotes Hörnchen ... der
Tag kann nur besser werden!!!!

Nebeltag

Blass und bleich bist Du, Morgen,
verschwommen und verschleiert, kalt,
als wolltest du das Sein verbergen,
als schämtest du dich für unsre Existenz.

Möchtest du mich verstecken,
so kann ich es verstehen,
bin ich doch wahrlich keine Augenweide
zu solch früher Stund.
Doch brauch' ich,
um ansehnlich Werk zu schaffen,
den hellen Schimmer,
den Du noch verbirgst.

Versprech' dir,
werd' nicht selbst mich zeigen,
damit du nicht erschaudern musst.
Doch bitte, lass den Nebel bitte weichen,
damit ein wenig
von dem Licht uns kann berühren,
dass die Gedanken tanzen lässt
und Farben in die Kälte malt,
auf dass die Leidenschaft obsiege
in unseren Seelen
und Wärme erobert unser Herz

…

Schwimmbutz

Sie steht wieder auf dem Balkon gegenüber und raucht ihre Morgenzigarette … wie immer, im zwei Nummern zu kleinen Bademantel.

Ihre Haare sind ausgehfertig frisiert, die Augen mit Eyeliner und etwas zu knalligem Lidschatten betont und neben dem Rot ihrer Lippen würde das Stoppsignal jeder Ampel kläglich wirken.

Draußen scheint es kalt zu sein … jedenfalls lässt die mir zugewandte Seite ihres großzügigen Dekolletés dies vermuten. Während sie den mittlerweile auch knallroten Zigarettenfilter zwischen zwei gestreckten Fingern wieder zu ihren Lippen führt, schaut sie unverhohlen geradewegs auf mein Fenster … eigentlich macht sie das schon die ganze Zeit und ich bilde mir ein, um ihren leuchtenden Mund herum den Anflug eines frivol siegessicheren Lächelns erkennen zu können.

Ich bin mir nicht sicher, ob sie mich an meinem Schreibtisch sehen kann … irgendwie macht es mir Gänsehaut … vor allem im Nacken…

Irgendwer in ihrer Wohnung scheint etwas gesagt zu haben, denn sie neigt mit unwilligem Gesichtsausdruck das bunte Haupt nach rechts und trompetet: „Wat is?!" Selbst durch das geschlossene Fenster hört sich das an, als ob im Garten ein Truck hupt. Bei dieser Bewegung ist ihr die linke Brust vollends aus dem Bademantel gerutscht und hängt nun leicht über den eng geschnürten Gürtel. Als sie den Mops ohne Eile wieder im Frottee verpackt, fällt fast der rechte heraus…

Da der viel zu kleine Bademantel nun insgesamt verrutscht ist, klemmt sie sich die nun fast aufgerauchte Zigarette zwischen die Lippen, öffnet den Gürtel, zieht den Bademantel kurz auseinander (wobei sie bis zum Nabel nackt zu sehen ist) um die beiden Seiten wieder straff übereinander zu legen. Sie hat den Kopf nun mit dem Kinn auf die Brust gesenkt, um kontrollieren zu können, wie sie den Gürtel neu bindet … dabei wirft sie wieder einen Blick auf mein Fenster.

Genervt versucht sie nun offenbar aus dem linken Mundwinkel heraus (der rechte hält ja die Zigarette fest) wieder irgendetwas in die Wohnung hinein zu rufen, was aber in einem Aufschrei endet, als ihr die Kippe ins Dekolleté fällt …

Sie reißt den Frotteemantel nun panisch wieder auf, hebt den glimmenden Filter auf und schmeißt ihn wütend über den Balkon. Als sie auf dem Absatz herumwirbelt um mit angriffslustig zwischen die Schultern gezogenen Kopf in die Wohnung zu stürmen, brüllt sie: „Du Schimmbutz bist doch zu blöd um …" mehr kann ich nicht verstehen …. (Anmerkung: Schwimmbutz bedeutet Badehose, Umgangskölsch aber auch Schlappschwanz).

Ich kann nun nicht so herzhaft lachen, wie irgendetwas in mir es gerne möchte … ich habe nämlich irgendwie das Gefühl, noch einmal davongekommen zu sein …

Abendwünsche

Ich grüße euch zur Tagesneige.
Da ich bald in die Kissen steige
wünsch' ich jetzt eine gute Nacht
und dass ein Engel euch bewacht
und schützet euer Kabinett
vor Bauchweh, Pest und nassem Bett.

Black Beauty

Ich war bei dem herrlichen Spätherbstwetter gestern Nachmittag kurz im Städtchen (Innenstadt, Fußgängerzone) und war überrascht: Das Weihnachtsgeschäft scheint schon auf vollen Touren zu laufen. Wo kommen so viele kaufwütige Menschen her? Dabei hat noch kein Weihnachtsmarkt eröffnet und die Busse, die dann täglich aus ganz Europa nach Köln kommen, fehlen daher ja auch noch ...

Ich bin eigentlich gerne in der Stadt - wenn es nicht so voll ist - weil es so viele interessante Menschen gibt und es Spaß macht, ihre „Auftritte" und die Reaktionen anderer darauf zu beobachten.

Da war beispielsweise diese bildhübsche farbige junge Frau mit dem ausgeprägten Po, die stolz erhobenen Hauptes und geschmeidigen Schrittes über den Asphalt glitt, sich ihrer Wirkung auf den gemeinen Dreibeiner durchaus bewusst.

Einer der beiden fröhlich plappernden Mittvierziger, die am Nachbartisch des Straßencafés, in dem ich saß, versuchten, diesen Eindruck zu verarbeiten, bemerkte schwer atmend:

„Häste der Kofferraum jesinn?" (hochdeutsch: „Hast Du diesen Kofferraum gesehen"), womit er den Po der farbigen Frau meinte.

„Do kannste en Bierfläsch drop aafstelle ..." („Da

249

kannst Du eine Bierflasche drauf abstellen ...") bemerkte der Zweite, ebenfalls euphorisch.

Nun sind diese Sprüche ja nicht neu, aber in Köl-
ner Mundart und so enthusiastisch vorgetragen,
brachten sie mich doch zum Schmunzeln.

Dann geschah etwas Überraschendes: Die African
Queen hielt plötzlich inne, schien für den Bruchteil
einer Sekunde zu überlegen, um dann ein paar
Schritte zurückzukommen und einen Stuhl am
freien Tisch direkt neben den beiden Originalen in
Beschlag zu nehmen ... mit jener Grazie und Anmut,
mit der sich ein Leopardenweibchen auf dem Ast eines Baumes niederlässt.

An meinem Nachbartisch herrschte nun andäch-
tige Stille ... die beiden Frohnaturen hatten ihren
Blicke gesenkt und spielten nervös mit ihren Kaffeetassen. Sie wirkten unsicher und unterwürfig, obwohl die dunkle Schönheit sie keines Blickes wür-
digte. Als sie zahlten, taten sie das fast flüsternd und
schienen bemüht, möglichst kein Aufsehen erregen
zu wollen. Einer der beiden fegte allerdings vor Auf-
regung seinen Kaffeelöffel vom Tisch (der dann laut
klimpernd auf den Asphalt aufschlug), und beim
Versuch, ihn wieder aufzuheben, räumte er fast noch
den gesamten Tisch ab. Dann trollten sich die beiden flinken Schrittes, ohne sich umzusehen.

Die großen dunklen Katzenaugen der durch die

Unruhe, die die beiden beim Zahlen verursachten, aufmerksam gewordenen Beauty blickten fragend zu mir herüber ... Sie konnte wohl nicht verstehen, dass man Tränen lachen konnte, „nur" weil jemandem der Löffel 'runtergefallen war ...

Brunft

Der grazilen Hinde deucht,
da der Platzhirsch aufgescheucht
und kraftvoll in die Gegend röhrt,
er sie jetzt und hier begehrt.

Doch ist's zurzeit nicht ihr Belieben
sich unter seinen Bauch zu schmiegen;
beschließt, dass der begehrte Leib
auf dem Rasen liegen bleibt
und lässt den Alten unbewegt
röhren bis er abgeregt.

Und die Moral von der Geschicht:
Zum Verführ'n taugt Brüllen nicht!

November

Der Wind weht letzte Farben
von Bäumen und Sträuchern;
das wundervoll warme Bunt
stirbt nass und schwer
auf dem Boden
und weicht schließlich
graubrauner Tristesse.

Das Universum scheint
in die Unendlichkeit zurückgekehrt,
hinter einen undurchdringlichen
milchig grauen Vorhang.
Melancholie und Trübsinn
greifen nach Herz und Geist
und die Seele verzehrt sich nach Licht.

So du noch Glanz und Wärme
trägst im Herzen,
lass' andere teilhaben.
So es dunkel ist in Dir und kalt,
wärme Dich an meiner Seele,
denn sie trägt ein Feuer,
das unauslöschlich scheint
und mein Herz stets lächeln lässt:

Die Freude,
leben und lieben zu dürfen

...

Wieder einer dieser Tage ...

… hab mir doch glatt am Türpfosten ein „Hörnchen gerannt". Das ist mir schon mal passiert, weil ich mit geschlossenen Augen zur Toilette ging.

Die Helligkeit direkt nach dem ersten Lichteinschalten, am frühen Morgen, ist regelrecht schmerzhaft. Das Hörnchen aber auch...

Das war's aber noch nicht. Die Kollision mit dem Türpfosten und der damit verbundene Schreck sorgten wohl für kurzfristigen Gleichgewichtsverlust … jedenfalls hab ich mich unfreiwillig und ziemlich heftig auf den Hintern gesetzt und mir dabei das Steißbein geprellt, was mich wiederum das Sitzen auf der kalten Klobrille nicht gerade als angenehm empfinden ließ. Froh, vom Entsafter wieder 'runter zu sein, taumelte ich ins Bad, zog meinen Bademantel über, blieb prompt mit dem Ärmel am Türgriff hängen und stieß gegen das Türblatt … mit dem Hörnchen…

Nachdem ich dann ohne weitere Zwischenfälle die Küche erreicht hatte, erschwerten meine nun tränenden Augen die Suche nach dem Schalter an der Espressomaschine, was dazu führte, dass ich beim Tasten in einen Schlitz des daneben stehenden Toasters griff … ich stellte dadurch fest, dass meine Frau die Geräte bereits eingeschaltet hatte…

Eigentlich wollte ich ja gleich ein, zwei Stündchen auf meinem Crosstrainer abzappeln. Nun sitz' ich hier, kühle das Hörnchen und die Fingerspitzen der linken Hand gleichzeitig mit dem selben nassen Waschlappen und denke an den Rat, den mir meine sorgenvolle Gattin hinterließ, bevor sie zur Arbeit ging: „Setz' dich am besten irgendwo hin und rühre heute nichts mehr an!"

Während ich konzentriert mit einer Hand tippe, stelle ich fest, dass es draußen hell geworden ist – sonnig! Die Schmerzen sind schlagartig nahezu vollends verschwunden und auch in meinem Innern wird es hell. Erstmals heute Morgen nehme ich das Radio war ... Santana, „Corazon Espinado" ... Eeyya!! ... wird vielleicht doch noch 'n guter Tag...

Möge Dich der Tag in Wohlgefühl hüllen
und die Nacht in wundervolle Träume

Immelmannturn

Heute Morgen blinzelt die Sonne ein wenig durch die Wolken und meine liebe Nachbarin von schräg gegenüber kam gerade wieder auf den Balkon um ihre Frühstückszigarette zu rauchen.

Wie immer checkte sie die Umgebung nach jagdbarem Mannswild ab, zog dann die Zigarettenpackung aus der linken Bademanteltasche, zwickte mit den langen bunten Fingernägeln ihrer Rechten eine Zigarette heraus und schob sich den Filter lasziv zwischen die knallroten Lippen. Just in dem Moment, als sie das Feuerzeug vor die Zigarette geführt hatte, um diese anzuzünden kam eine Amsel aus einer Steilkurve um die Balkonecke „gebrettert", wohl um das Futterhäuschen auf dem Balkon anzusteuern. Das erschreckte Federtierchen schaffte es, etwa einen halben Meter vor dem Gesicht der Nachbarin abzubremsen um dann in einer Art Immelmannturn (altes Jagdfliegermanöver) in den nächsten Busch abzutauchen.

Während das Feuerzeug über die Balkonbrüstung und die Zigarettenschachtel ihren Inhalt verteilend in die andere Richtung flog, vollführte meine Nachbarin unkontrolliert um sich schlagend eine Art Trampeltanz. Der Schrei, den sie dabei von sich gab, glich dem Pfiff einer Dampflok.

Als ihr Körper nach etwa 2 Sekunden aufgehört

hatte zu zucken, bot sie ein Bild des Elends:

Schwer atmend, die Frisur derangiert, als sei ihr der Föhn explodiert, versuchte sie mit zitternden Händen die in ihrer Länge zweimal geknickte und vorne ausgefranste Zigarette zu entfernen, die während ihres Veitstanzes an ihren klebrigen Lippen hängen geblieben war.

Einer ihrer direkten Nachbarn, der wohl im Augenblick ihres Erschreckens gerade das Haus verlassen hatte, rief erbost und ob des gellenden Schreis scheinbar noch unter Schock:

„Verdaamp, Marita, reisch dat nit, datte Disch morjens erausstells, musste die Lück au noh aanbrölle?""

Was wir fühlen scheint manchmal realer als das, was wir sehen. Die Kunst ist, zu erkennen, ob uns die Augen täuschen oder unser Empfinden ...

Dezembermorgen

… irgendwie scheint mich mein Unterbewusstsein in den Winterschlaf zwingen zu wollen - anders kann ich es mir nicht erklären, dass das Erwachen täglich beschwerlicher erscheint … von Aufstehen oder gar munter werden will ich gar nicht erst reden (sorry, schreiben).

Nicht mal fetzige Mucke hilft mehr und starker Kaffee macht mich eher wieder müde. Während ich im November noch permanent unter Hunger litt und mir viereinhalb Kilo drauf gefressen habe, möchte ich nun allmorgendlich die Nahrungsaufnahme verweigern. Und ich bilde mir ein, dass meine Körperbehaarung auch dichter und dicker geworden ist…

Jetzt geht aber gerade die Sonne auf und ich verwerfe den Gedanken, meinen Nüssevorrat kontrollieren zu wollen…

Gute Musik ist oft ein Garant für gute Laune.
Möge auch der Rhythmus Deines Herzens
Resonanz finden …

Der Morgen an ihrem Geburtstag

… Mann, oh Mann - liegt's am Wetter, an der Jahreszeit, an meinem Alter - oder an allem? Jedenfalls kann ich mich nicht daran erinnern, auf dem morgendlichen Weg zum Fliesenstudio jemals eine so jämmerliche Figur abgegeben zu haben. Und das geht schon seit Tagen so. Jeder, der sich verdurstend durch eine Wüste schleppt, wirkt sicherlich dynamischer…

Wohl vor Schwäche fällt mir der Klodeckel auf halber Höhe aus der Hand und der laute Aufprall lässt mich für Sekundenbruchteile die Augen öffnen, von denen ich bisher glaubte, dass sie irgendwie zugeschwollen seien.

Uuuooohhhh – irgendwer hat schon das scheiß Licht angeschaltet!? Das Bild der grellweißen Toilettenschüssel brennt sich schmerzhaft in die Netzhaut und leuchtet auf der Innenseite meiner wieder geschlossenen Lider noch eine ganze Weile nach.

Als ich den unwirtlichen Ort mit noch immer geschlossenen und tränenden Augen wieder verlasse, trällert eine sehr vertraute Stimme „Mo-hor-gen!", mit einem Unterton, der auf der Stelle alle Betrübnis hinweg bläst.

Ich öffne vorsichtig erneut die Lider und schaue durch angenehme Dämmerung in dieses strahlende Antlitz. Alles in mir ist warm - und wird schlagartig heiß, als mir bewusst wird: Oohhh Mann - sie hat heute Geburtstag…

Ich versuche ein überlegen sympathisches Gesicht aufzusetzen (aus ihrer belustigten Miene schließe ich, dass es mir nicht ganz gelingt), nehme sie in die Arme und statt der erwartet sanften sexy Stimme krächzt ein scheinbar Fremder „Alles Gute, ich danke Gott, dass es Dich gibt ….“

Der liebevolle Druck ihrer Arme katapultiert mich endgültig ins Leben und ich denke darüber nach, wie ich im nächsten Jahr unbemerkt mindestens eine halbe Stunde vor ihr aufstehen kann, um ihr in halbwegs passablem Erscheinungsbild gratulieren zu können.

Hör' auf nach deinem Glück zu suchen und gib dem Schicksal eine Chance, dich zu ihm zu führen …

Geburtstagsfete

Samstagnachmittag: Getränke und Gläser checken, Bistrotische aufstellen, Tischdeko…

Die Geburtstagsfete meiner Frau steht an…

Samstag 19:00 Uhr: Der Partyservice liefert das Buffet…

Samstag 19:30 Uhr: Die ersten Gäste treffen ein…

Samstag 20:00 Uhr: Alle Gäste sind da und nach dem Willkommensdrink stürzen sich die ersten aufs Buffet…

Samstag 21:00 Uhr: Alle sind satt und die Gespräche beginnen.

Samstag 22:30 Uhr: Immer noch „Verdauungsstimmung" … wird Zeit das allgemeine Kompostieren einzustellen.

Ich lege etwas fetzigere Musik auf und spiele sie auch etwas lauter ab, was mir von einigen Gästen erste irritierte Blicke einbringt.

Samstag 23:00 Uhr: Von aufkommender Stimmung noch keine Spur, lediglich das Gesabbel ist lauter geworden - also: Musik etwas variieren: „18 Wheeler" von Pink für die Jüngeren, danach „My Sharona" für die ergrauten Headbanger und dann auch mal DJ Ötzi etc. für die Ballermannfans - dabei den Lautstärkeregler so weit aufdrehen, dass sich keiner mehr unterhalten kann ... und ich mach mich zum Deppen indem ich versuche, die Mischpoke zum Tanzen zu animieren.

Samstag 23:30 Uhr: Ich hab's geschafft: Zwei Drittel der Gäste tanzt - und trinkt...

Samstag 24:00 Uhr: Bombenstimmung - fast alle tanzen und/oder singen die Songs mit ... ich fühl' mich sauwohl - und schaue mit meiner Frau abwechselnd nach jenen, die noch 'rumsitzen, ob sie nicht mittlerweile verschieden sind.

Sonntag 01:30 Uhr: Die beiden Ordnungshüter, die von einem Nachbarn zu Hilfe gerufen worden waren, haben gut gegessen, ihr Bierchen getrunken und sich herzlich verabschiedet (wahr eh' ihr Schichtende).

Ich habe zum zweiten Mal geduscht und bin schon wieder nass geschwitzt, vom Tanzen.

Sonntag 03:00 Uhr: Ich bin ausgepowert - die letzten Gäste verabschieden sich, wir räumen grob auf, trinken in aller Ruhe noch ein Bierchen - noch mal duschen - Koma ...

Sonntag 09:30 Uhr: Ich muss pinkeln. Mein Körper scheint jedoch irgendwie einbetoniert. Jede Bewegung bedarf übermäßiger Kraftanstrengung und schmerzt höllisch. Ich habe einen Jahrhundertmuskelkater. Meine Frau scherzt mit einem Standardspruch: „Sei froh, wenn einem in deinem Alter morgens nichts weh tut, ist man tot."

Auf dem Weg vom Drainageporzellen zurück, wage ich einen Blick ins Wohnzimmer - und kann es kaum wieder erkennen. Es gleicht eher einem Gelände, in welchem Kampfmittelräumdienste Blindgänger sprengen - in der Küche sieht es genauso aus ... ich habe meinen ersten Schweißausbruch an diesem Morgen – das kann aber auch am Kreislauf liegen ... mir ist ziemlich schwindelig. Mein Frau zeigt keinerlei Mitleid: „Du bist noch sturzbesoffen!"

Sonntag 10:30 Uhr: Nach dem Frühstück beginnen wir die Wohnung zu „renovieren". Ich trinke zwischendurch ein Bierchen, weil mir diese ungeliebte Arbeit dann weniger ausmacht - irgendwann bin ich fast glücklich...

Sonntag 20:30 Uhr: Die Bude ist wieder bewohnbar. Wir begeben uns auf der Couch in die Waagerechte, schalten den Fernseher ein - und fliegen augenblicklich ins Nirwana.

Montag 10:30 Uhr: Mein Muskelkater hat seinen Höhepunkt erreicht, ich bewege mich wie ein Roboter. Die Erinnerung ist eingeschränkt, irgendwie alles wie im Nebel - ich bin wohl wieder auf einer niedrigeren spirituellen Ebene angelangt, immer aber noch nicht wirklich nüchtern.

Restarbeiten: Geschirr zurück zum Partyservice, Leergut wegbringen, Abfall entsorgen, Einkaufen etc. – Schmerzen und Schweißausbrüche

Montag 19:30 Uhr - Einige Anrufe von Freunden: „War wieder toll bei Euch, müssen wir bald mal wieder machen" … aber nicht mehr in diesem Jahrzehnt, ich werde zu alt für so einen Scheiß …

Dienstag 07:00 Uhr: Wecker, Radio – wo bin ich?

Besinnlichkeit

… möglicherweise liegt es an dem Umstand, dass einem seit Wochen schon Weihnachtsstimmung suggeriert wird - dieser Morgen bringt mir diese bestimmte Art von Besinnlichkeit, die entweder eine Sinnkrise über den Zweck meiner Existenz auslösen oder mich zu Fantasien führen kann, die dieses warme Schwingen in meinem Inneren zu erzeugen vermögen.

Warum ich auf dieser Welt bin, werde ich eh' nie herausfinden, aber dass ich dieses Leben führen darf, ist ein wunderbares Gefühl … und an Erlebtes zu denken, das einem das Dasein über alle Maßen verschönt hat oder sich vorzustellen, was einem noch wunderbares widerfahren könnte, verzaubert den Moment und schützt uns vor schlechten Gedanken.

Einkaufstag

...durch mit dem Einkaufstag ... war halb so schlimm, aber ich mag diese Menschenmengen nicht. Köln ist ja immer recht vollgestopft mit Touristen aus aller Welt. In der Vorweihnachtszeit verdoppeln sich die Zahlen, und an den Adventswochenenden kommen nochmal Hunderte Busladungen aus ganz Europa hinzu ... dann empfiehlt es sich, die Innenstadt und die Weihnachtsmärkte (Köln hat mehr als fünf davon) zu meiden ... warum?

1. Man bekommt alle paar Meter eine Kamera in die Hand gedrückt und soll irgendwelche grinsenden Asiaten, Amis in Erobererpose oder mit Schnapsflaschen bepackte Skandinavier vor „alten Steinen" (Dom, Ausgrabungen aus der Römerzeit etc.) ablichten.

2. Alle touristisch und konsumtechnisch markanten Plätze sind besetzt von Dieben, bettelnden Säufern und Junkies und wenn du die Bitte nach einem Euro nicht einfühlsam genug behandelst, kann es sein, dass du ein paar aufs Maul kriegst und dann dein Portemonnaie und deine Einkaufstüten los bist. Die vielen schwarz gekleideten, glatzköpfigen Security-Angehörigen sind ob ihrer sperrigen Muskelmasse meist viel zu langsam, um rechtzeitig eingreifen zu können ...

3. In den Fußgängerzonen hast du stetig Körperkontakt und wirst von der Menge durch die Straßen und Gassen gedrückt ... Umfallen ist unmöglich, und wenn du nicht mindestens eins achtzig groß bist, hast du alsbald die Orientierung verloren, weil du nur Menschen und Himmel siehst. Kleinere Menschen sehen nur Brüste oder Gürtelschließen ...

4. Der Sauerstoffmangel in der Menge, gepaart mit dem Duftmix aus weihnachtlichen Gewürzen, den aufdringlichen aktuell angesagten Parfums, ranzigem Körperschweiß und Urin, lässt auch manchen Geruchsunempfindlicheren schon nach kurzer Zeit in Häuserecken kotzen, insbesondere wenn er schon den einen oder anderen Glühwein inhaliert hat ...

5. Die Flucht in Kaufhäuser bringt nur Aggressionen ... hier ist es genau so voll: Es wird gemotzt, gerempelt, getreten und gestoßen ...

6. Du hoffst auf Asyl in einer der urigen Altstadtkneipen? Die sind voller als voll ... hauptsächlich mit angeschickerten Touris aus aller Welt, eifrig in dem Bemühen, deutschem Liedgut zu frönen, und es aufgrund der verstopften Wege und Räumlichkeiten oft nicht mehr bis zur Toilette schaffen. Wenn du Glück hast, pinkelt Sukomi Yakamaschi vor dir nur in die Hose, während sie dich mit flehenden Augen anschaut ... wenn du Pech hast, kotzt dir Ole Johan-

son seine sieben Glühwein, zwölf Kölsch einschließlich der vier Lebkuchen, zwei Currywürste samt Fritten und Majo sowie die letzten sechs Reibekuchen in einem armdicken Strahl auf die Füße ...

Egal, wie günstig dir die Reiseveranstalter die Bustour zu den Weihnachtsmärkten in Köln anbieten ... lass es sein!

Gedanken eines Weihnachtsmarktbesuchers

Advent, Advent,
mein Lichtlein brennt …
's war Eins, dann Zwei, dann Drei, dann Vier,
nun steh ich vor der Wohnungstür.

Advent, Advent,
wer Glühwein kennt,
der weiß, dass, wenn man ein'ge trank,
beim Gehen ganz beträchtlich schwankt,
beim Sprechen dann beginnt zu lallen,
bin auch auf den Arsch gefallen.

Advent, Advent
mein Lämpchen brennt …
vom Glühwein, der, wie's Würstchen auch,
jetzt wieder raus will, aus'm Bauch.
Ich weiß nicht, wie ich's mir erklär …
wenn mir bloß nicht so übel wär'!

Nun knie' ich auf dem Hemdensaum
in diesem hell gefliesten Raum,
versuch' mit durchgestreckten Zeh'n
den ganzen Himmel anzufleh'n;
Ullrich, Gott und seinen Sohn,
durchs große weiße Telefon …

Advent, Advent,
mein Lämpchen brennt …
's war Eins, dann Zwei, dann Drei, dann Vier
ich denk', jetzt hab ich's hinter mir…

Wut?

… irgendwie scheint vollständiges Erwachen heute wieder unmöglich … nicht einmal meine grell geschminkte Nachbarin im viel zu kleinen Bademantel auf dem Balkon gegenüber verursacht heute eine wesentliche Gemütsregung, obwohl ihre Gestik vermuten lässt, dass sie ihre Frühstückszigarette heute etwas wütender raucht als sonst. Nach jedem dritten oder vierten Zug plärrt sie mit zur Seite gewandtem Kopf irgendetwas in die Wohnung.

Als sie die Fluppe im Aschenbecher ausgedrückt hat, schüttelt sie kurz ihr farbiges Haupt, zieht jenes tief zwischen die Schultern und wendet sich entschlossenen Schrittes der Balkontür zu. Dabei bläst sie noch Restrauch aus ihrer Nase … sieht irgendwie gefährlich aus und … na ja vielleicht empfinde ich doch ein wenig Mitleid mit jenem Menschen, dem diese Rage gelten mag.

Draußen wird es langsam sonnig und in meiner Birne wird's auch etwas heller … vielleicht hilft die nächste Tasse Kaffee ….

Vorweihnachtsmorgen

Die Stille ist mystisch,
in der morgendlichen Dunkelheit.
Leib und Seele tragen scheinbar
alle Last des Universums.

Gedanken trüb, dem Wetter gleich,
bringen Erinnerungen an Kindertage,
an Schnee.
Melancholie,
Sehnsucht nach Licht und Wärme,
nach Herzlichkeit und Zuneigung.

Erwachen, du heißt Mühsal.
Die Augen öffnen sich widerwillig.
Dein Lächeln, liebevoll, freudig und dankbar,
beschleunigt das Herz.

Zartes Berühren
verweht alle Trübsal augenblicklich.
Die Welt wird leicht und hell.
Scheinbar unversiegbares Wohlempfinden
macht mich fühlen
als ob mein Leben strahlte.

Ich bin unendlich dankbar
und will heute jegliche Marter klaglos ertragen,
Weihnachtsweisen wie Karnevalslieder ....

Starke Kür

Es war wohl wieder etwas kälter heute Nacht und es scheint draußen glatt zu sein. Die Menschen gehen vorsichtig, und der Hausmeister von gegenüber streut Salz auf den Gehweg. Das erinnert mich an eine Geschichte, die ich schon vor vielen Jahren erlebte:

Ich war morgens mal wieder spät dran und musste mich sehr beeilen. Ich rannte also Hals über Kopf aus dem Haus, und als ich die Eisschicht vor dem Haus sah, war es schon zu spät ...

Wer so etwas schon einmal erlebt hat, der weiß, dass man den Hergang viel langsamer erlebt, als er in Wirklichkeit stattfindet. Mitten im Lauf sah ich plötzlich nur noch Himmel und dachte: „Shit, du hättest den Nachrichten zuhören und mal aus dem Fenster schauen sollen ..."

Zu diesem Zeitpunkt kamen von unten langsam meine Füße ins Bild, und mir wurde klar, dass ich irgendwie durch die Luft flog. Instinktiv streckt man dann ja beide Arme nach hinten aus, um den erwarteten Aufprall abzufangen ... dabei entließ ich intuitiv den Aktenkoffer aus meiner Rechten, um auch diese Hand freizuhaben. Der Aktenkoffer war zu diesem Zeitpunkt scheinbar noch in der Aufwärtsbewegung, denn ich schlug zuerst auf ... mit der rechten

Pobacke. Immer noch fasziniert auf meine Füße starrend, spürte ich das Eis unter meinen Händen, das mir in diesem Augenblick irgendwie „heiß" erschien. Genau jetzt trudelte der Aktenkoffer zwischen meine Beine … nicht auf die „edlen Teile", jedoch mit einer kantigen Ecke voraus, auf die Innenseite meines Oberschenkels.

Nun war die Slow Motion wieder in realen Zeitablauf übergegangen … ich war mit einem Satz auf den Beinen, schaute mich um, ob sich in den Fenstern ringsum etwas bewegte, während ich meine Hose abklopfte. Dann schlenderte ich betont lässig Richtung Tiefgarage, um diese peinlichen Rufe wie „Haben sie sich wehgetan?" von Nachbarn, die mein Malheur beobachtet haben mochten, vermeiden zu können.

Nicht gesehen hatte ich, dass hinter mir der achtzehnjährige Sohn eines Nachbarn ebenfalls das Haus verlassen hatte. Der überholte mich nun grinsend und mit den Worten „Starke Kür, Peter!" … von da an spürte ich die Hämatome in meinem Oberschenkel und der Pobacke wachsen …

…

Endzeit

Der Himmel ist orange, die Erinnerung an das einstige Blau nahezu erloschen. Die Menschheit ist machtlos gegen die Naturgewalten. Wolken tiefgrau, schwarz, regenlos im ewigen Sturm. Blitz auf Blitz beleuchtet stroboskopartig die sterbende Welt. Was wird sein, nach uns? Nach der Kälte?

„Heinz und Renate haben sich ein neues Ehebett gekauft!"

Was? Was ist?

„Heinz und Renate haben sich gestern ein neues Bett gekauft!" Die Stimme meiner Frau durchdringt das Weltenende. Ich werde mir des Gewitters vor meinem Fenster bewusst, sehe den Artikel über die riesige Magmakammer unter dem Yellowstone Nationalpark auf meinem Computermonitor und stammle „ach so?", während ich mir die Tränen aus den Augen wische …

Ich klicke den nächsten Artikel an, und die Schilderung über die Gefahren der Eurokrise projiziert ein neues Szenario hinter meine Stirn: Die Währungsunion wird verdampfen in der Machtgeilheit und Selbstgerechtigkeit unserer Politiker und dem uns Menschen eigenen Egoismus. Europa wird zerbrechen, wir werden arm sein … ich werde mir kein Bier mehr leisten können, abends zum Fernsehen. Werden wir überhaupt überleben können?

„Ich habe heute Annika getroffen. Auf dem Wochenmarkt ... sie hat Ärger mit der Bandscheibe!", holt meine Frau mich erneut aus den düsteren Gedanken.

Ähm .. was? Wer ist Annika?

„Ne ehemalige Arbeitskollegin ... kennst du nicht."

Ach so ...

Verdammt, ich mache mir ernste Sorgen um die Menschheit ... und muss mir anhören, dass Heinz und Renate sich ein neues Ehebett gekauft haben und Annika, die ehemalige Arbeitskollegin meiner Frau, die ich nicht kenne, Rücken hat! Was mache ich mit jetzt diesen Informationen?

Ich weiß ja: Frauen verarbeiten alles, was sie am Tag gehört und erlebt haben, indem sie abends darüber reden ... aber diese Banalitäten haben mich jetzt möglicherweise von Ideen abgehalten, deren Umsetzung vielleicht geeignet wäre, die Welt zu retten! Das muss bestraft werden! Am besten mit meinem Hang zum Sarkasmus, den mir meine Frau des Öfteren vorwirft.

Ich gehe zum Kühlschrank und lasse verlauten: „Ich hol mir ein Bier. Wer weiß, wie lange ich mir das noch leisten kann, wenn Europa morgen pleite ist, wenn die Klimakatastrophe den Malz- und Getreideanbau nicht mehr zulässt, weil man für Heinz' und Renates Ehebett Regenwälder abgeholzt hat. Und wenn uns der Yellowstone Nationalpark partikelweise aufs Haupt schneit, werde ich froh darüber sein, dass du mir noch erzählt hast, dass du Annika trafst, die ich nicht kenne und der es sicher sehr geholfen hat, dass du mich über ihr Rückenleiden informiert hast!"

„Warum bist du so mürrisch?" fragt meine Frau und ergänzt, just in dem Moment, als ich ein schlechtes Gewissen bekommen will: „Vera, die Tochter von Annika, hat 'ne ganz schwere Grippe ..."

Arrrgh ... versteh' einer die Frauen ... versteh' einer die Welt!

Schnee in Köln

Zum ersten Mal in diesem Winter liegt Köln unter einer Schneedecke und obwohl ich eigentlich ein Sonnenkind bin, macht mir dieser Anblick doch ein ziemlich warmes Herz. Mensch und Tier scheinen gar freudig auf die geänderten Wetterverhältnisse zu reagieren.

Einige Meisen ließen sich nach dem Frühstück im Futterhäuschen auf der Balkonbrüstung nieder und schienen über die Einschränkungen im Flugwetter zu diskutieren. Sie verstummten aber augenblicklich, als sich gegenüber die Haustür öffnete und der über die Feiertage scheinbar zum ausgewachsenen Bison mutierte Hirtenhund sein Frauchen Rita ungestüm durch den Garten bis zu den kahlen Ästen eines Rosenstrauchs schleifte. Immerhin schaffte Rita es, auf den Beinen zu bleiben, was recht sportlich 'rüberkam ... man kennt ja aus diversen Heimatfilmen Bilder, in denen sich gestandene Burschen auf Skiern von Pferden über den Schnee ziehen lassen ...

Nachdem es ein dampfendes Gebirgsmassiv im Schnee zurückgelassen hatte, folgte das Tier relativ gelassen seinem Frauchen, das nun im Gerätehäuschen verschwand, um die große Schaufel zu holen ...

Die Meisen hatten sich mittlerweile dem jungen, kräftigen Hausmeister zugewandt, der mit einem Schneeschieber den früh morgens angelegten Pfad verbreiterte ... unter wohlgefälligen Blicken meiner grell geschminkten Nachbarin, die auf dem Balkon schräg gegenüber ihre Frühstückszigarette rauchte ... wie immer im viel zu kleinen quietschgelben Bademantel, heute jedoch durch einen untergezogenen Rollkragenpulli gewärmt. Allerdings trat sie nervös von einem Fuß auf den anderen, was darauf hin deutete, dass sie entweder untenrum zu dünn angezogen war, oder mal musste ... oder dass sie der Anblick des schuftenden Hausmeisters besonders beeindruckte.

Die Meisen auf meiner Balkonbrüstung straften sie mit geringschätzigen Blicken und starteten scheinbar kopfschüttelnd in den Wintermorgen, als das Farbkästchen irgendetwas in Richtung Hausmeister sagte, mit kokettem Lächeln ihre Zigarette ausdrückte und zurück in ihre Wohnung schwebte.

Der Hausmeister hatte innegehalten, in seinem Bestreben, den Gehweg gänzlich freizulegen und glotzte nun hoch zu ihrem Balkon, mit großen Augen und dem Ausdruck absoluter Fassungslosigkeit darin ...

Ich weiß nicht, was das "Farbkästchen" von sich gegeben hatte, der junge Mann schien aber eine Weile lang ziemlich beeindruckt ...

Draußen nimmt das Leben zu und die Menschen scheinen gut gelaunt ... welch Wunder: Schnee in Köln ... was für märchenhafter Wintermorgen ...

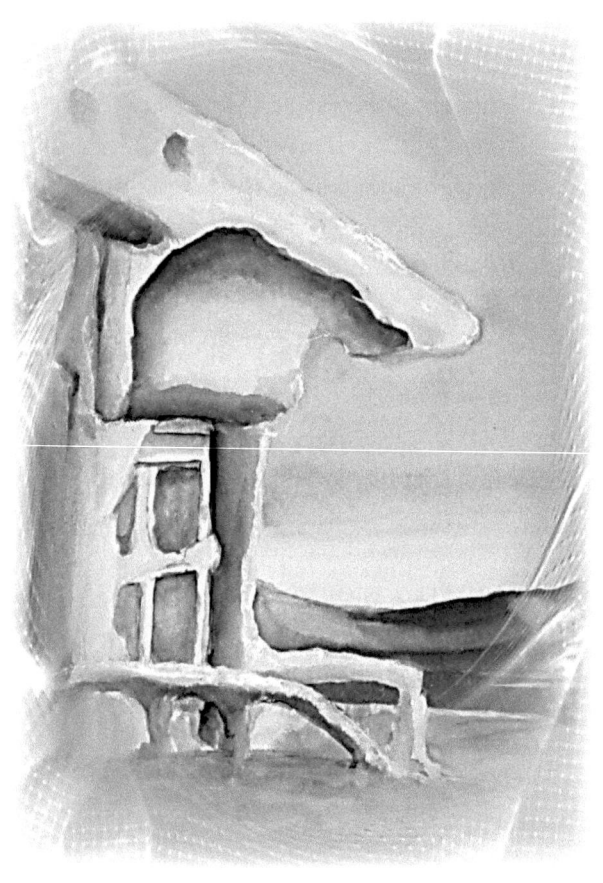

Schlusswort

Ich hoffe, die Seiten zuvor haben nicht gelangweilt. Ich hoffe auch, dass mir jene, die sich in den verschiedenen Geschichten wieder erkannt haben, nicht böse sind.

Dort, wo andere Personen als meine Familienangehörigen betroffen sind, habe ich Namen und Orte geändert und oftmals die Handlungen modifiziert, so dass die geschilderten Erlebnisse von Außenstehenden nicht mit den tatsächlich Betroffenen in Verbindung gebracht werden können.

Bei den Betroffenen bedanke ich mich für die Erfahrungen, die mein Leben so sehr bereichert haben.

Über den Autor

Foto: Hartmut Schneider
(http://hartmutschneider.de/)

Peter Jentsch wurde 1950 in Wien geboren und lebt seit 1977 in Köln. Der ehemalige Berufssoldat ist verheiratet, hat einen Sohn und widmet sich seit seiner Pensionierung einer Vielzahl kreativer Hobbys, insbesondere dem Malen und dem Schreiben. Jentsch ist als Autor und Maler stets an verschiedenen Projekten beteiligt und präsentiert seine Werke in Ausstellungen, Lesungen und auf diversen Internet-Plattformen.

Seine Webseite:
http://www.pjart.de/

Weitere Bücher von Peter Jentsch ...

Liebeserklärung an eine Insel

Formentera

ISBN 978-3-7386-3125-8

Eine Hommage an "das kleine Paradies im Mittelmeer":
Empfindungen und Erfahrungen, lustige und span-
nende Geschichten und liebevoll besinnliche Lyrik über
und aus Formentera.
Lesegenuss, nicht nur für Formentera-Fans

PurpurHerz

Gemalte Worte und geschriebene Bilder

Julia Marquardt & Peter Jentsch

ISBN 978-3-8482-2496-8

Ich wäre gern poetisch
so lieh ich mir einen Umhang des Dichters.
Lauter Ungereimtheiten hinderten
mich jedoch am Schreiben.
Auch meine erdachten Weisheiten
ließen sich nicht auf die Reihe bringen.
In der geborgten Kleidung
konnte ich keinen einzigen Vers
aus dem Ärmel schütteln.
So zog ich mein eigenes Hemd wieder an...

(Julia Marquardt)